異世界で海暮らしを始めました
~万能船のおかげで快適な
生活が実現できています~

主な登場人物
ボフス
ナナルの祖父。海の男たちが神と崇める元伝説の漁師。眼光鋭く怖いイメージだが、話してみると優しい一面も。セアの作ったいかの塩辛が好物。
ナナル
セアが旅先で知り合う威勢のいい少女。その洞察力の鋭さを買ってセアの船の乗組員にスカウトされる。父親は行方不明になっており、現在は祖父のボフスと暮らしている。
セア
突然異世界に転移したおかげで毒親の支配から解放された。勇者と間違えるほどの最強の強さを持つ。美味しいものが大好きて、原動力のすべてがほぼそれ。

ガノックス
３級冒険者。筋肉もりもりだが、実は魔術師。
ジンガ
武器として槍を持つ３級冒険者。戦いたがりなところがある。
ラギ
セアを自分の船に乗せて漁の様子を見学させた漁師。豪快な海の男。
ディオル
２級冒険者で赤髪の青年剣士。危険な漁に出る漁師のためのボディーガードなどの仕事をしている。人情味があって、頼りがいのある兄貴的存在。

Contents

異世界で海暮らしを始めました

～万能船のおかげで快適な生活が実現できています～

ラチム

イラスト
riritto

第一章　初めての航海

「いや、明らかにおかしい」

私、東谷瀬亜《ひがしたにせあ》はバイトからの帰り道を急いでいた。アスファルトで舗装された歩道を歩いていたはずなのに、気がつけば鬱蒼《うっそう》とした森の中だ。

周囲を確認しても人工物は見当たらない。こういう時、本当にほっぺたをつねるとは思わなかった。うん、だいぶ痛い。痛みどころか緑特有の香りが鼻腔《びくう》をついて、嫌でもこれが現実だとわかる。

ジーパンのポケットからスマホを取り出して見ると圏外と表示されていた。私が自分の意思で圏外の場所まで来るはずない。

何せ少し連絡が取れなかっただけで鬼電《おにでん》してくるような両親だ。ようやく許されたバイトだって家から徒歩数分圏内にあるコンビニで、もちろん身内がバッチリ客として訪れる。

そんな惨状で私が自分の意思でこんな森の中に来るわけがない。ましてやコンビニから家までは目と鼻の先だ。当然、近所にこんな森はおろか、雑木林《ぞうきばやし》すらない。

「ああ〜〜〜……」

訳がわからなくなってしゃがみ込んで目を閉じた。目を開ければ見慣れた風景に戻っているかなと思ったけど、そんなことない。

私の足りない脳みそで考えてみると、1つの結論が導き出された。ここはネットでまことしやかに語られる異世界というやつだ。

ある日、突然見知らぬ世界に迷い込むお話で、パターンはいろいろとある。作り話と思って楽しんでいたけど、まさか自分が異世界に迷い込むなんて思いもしなかった。

ネットの話だとこのあとはどうなるんだっけ？　変なおじさんが話しかけてきたり、化け物が襲ってくるんだっけ？

心臓がバクバクと音を立てている。もしこのまま帰れなかったら？　そんな現実を想像してしまう。もしそんなことになってしまったらと思うと。

「よっしゃあぁーーー！　ようやくあの家族から解放されたぁーーー！」

私は両手を上げて腹の底から叫んだ。背中から感じるゾクゾクとした快感が私を突き動かす。

思いっきり走って跳ぶ。着地、そしてまた走る。

気持ちいい！　体育の授業以外でこんなに思いっきり走ったのはいつ以来かな？　確か妹の美香《みか》に駅まで傘《かさ》を届けた時以来かな？

私は妹の美香、というより両親に逆らえなかった。美香は私と違って容姿端麗《ようしたんれい》で成績優秀、今年は難関高校を受験する予定らしい。

そんな美香を両親は親戚にまで自慢していた。妹と私が比較されるのはごく自然なことだ。お母さんは専業主婦だけどお父さんは医者で、娘の私たちに高い結果を求めた。学校の成績で上位に入れない私を両親はなじったし、「美香に比べてあんたは」を聞かなかった日はほぼない。

それを誰かの結婚式や葬式なんかの集まりでも言うものだから、たまったものじゃない。高校を卒業したら絶対に家を出てやると思ったけど、まさか異世界に来るなんてね。

「はぁーー！　スッキリ！」

走り終えると一度、冷静になる。自由の身になったとはいえ、ここは得体の知れない森の中だ。まずは生きることを考えよう。

まず圏外なうえに充電すらできないスマホはほぼ役に立たない。

肩掛けバッグの中にはサイフ、中身は数千円程度。これも役に立たない。

あとは折り畳み傘、以上。森を舐《な》めてるとしか思えない私物だ。

困るけど困ったところでどうしようもないから、ひとまず探索することにした。どこまで続いている森なのか、人はいるのか。町はあるのか。あれだけ走っても森は続いているし、これは遭難コースかな？　闇雲に歩いたところで生き倒れるだけだ。

どうしたものかと考えていると、川のせせらぎが聞こえる。草木をかき分けて向かってみると、そこには綺麗《きれい》な水の川が流れていた。魚が時々飛び跳ねていて、水しぶきが太陽の光を反射して輝いている。

私はその場に立ち尽くしてしまった。こんなリアルな自然の風景を見たのはいつ以来かな？無意識のうちに靴下と靴を脱いで、川に足を入れた。

一口だけ水を飲もうと思ったけど川の水は危険だと聞いた。飲むのは諦《あきら》めて、足首を冷たい水につける。自然の空気を満喫しているだけで心が洗われた。

それはいいんだけど、このままだと遭難まっしぐらだな。バイト前から何も食べてなかったし、まずは食料の確保を優先しよう。

こんな森の中で食料なんてと思った時、目の前を魚が飛び跳ねた。

それから川の中を悠々と泳ぐ魚を凝視する。手を突っ込んで泳ぐ魚を捕まえた。勉強はできなかったけど、昔からこういうのは得意だ。

おいしそう。なんていう魚かな。さすがに生だと寄生虫が怖いし、焼いて食べるか。

川から上がって、私は枝を集めて焚火《たきび》をすることにした。別の細い枝を木に立てて、両手で竹とんぼみたいにこする。

「んんうううおおぉ〜〜〜……！」

ボッと火が出てほっと一息。さすが学校内腕相撲大会優勝者、この腕力が役立つ日がくるとはね。

魚を枝に突き刺してから焚火の前に突き立てて、焼けるまでじっくりと待った。少しずつ魚に焦《こ》げ目がついて、油がしたたり落ちる。

やば、早く食べたい。アウトドアなんて絶対許してもらえなかったから、すっごい楽しい。

もう焼けたかな？　頃合いを見て枝を手に取り、魚を丸かじりした。

「んむっ!?　お、おいしっ！」

魚特有の生臭さがほんのり香るけど、香ばしさとパリッとした皮の食感が心地いい。

醤油《しょうゆ》がほしくなるけど、こういう場所で食べる焼き魚のなんとおいしいことか。更に頭や尻尾までおいしくいただけることにビックリ。口の中でほどよく噛み砕かれて楽しいリズムを感じた。

「なまじ1匹だけ食べたら一気にお腹が空《す》いてきたなぁ……」

私はまた川を泳いでいる魚に目をつけた。

1匹、2匹、3匹、4匹、5匹。捕ってきては枝に突き刺して焚火の前で焼く。焼けた端から食べて、ようやくお腹が満たされてきた。

まだちょっと物足りないけど、これ以上はやめておこう。食べ物はなんとかなったけど、夜はどう過ごそう？

雨風が凌《しの》げそうな場所を見つけるしかないか。焚火に土を被《かぶ》せて消してから、私はまた森を探索した。

だけど、そんなに都合よく雨風を凌げる場所なんてあるはずがなかった。

仮にあったとしても、動物のねぐらの可能性があるから迂闊《うかつ》に入るのも危ない。

小一時間ほど歩いたけど目ぼしいところを発見できず、私は最終手段をとることにした。手頃な大きさの木を見つけて思いっきり蹴《け》る。メキメキと音を立てて倒れた木の上に、更に別の木を蹴り倒して載せる。

1本の巨木に対して数本の木を寝かせることによってできた三角形の隙間が寝床にできそうだ。

昔から力だけは自信があった。小学生の頃、絡んできた男の子を殴《なぐ》り飛ばして大怪我《けが》をさせてからはあらゆる場面で手加減するようになったのを思い出す。両親には激怒されるし、美香には野蛮人《やばんじん》呼ばわりされるわで散々だったな。その時から、自分のこの力は普通じゃないと自覚したからね。

ひとまずこの急造の寝床で一晩を過ごそう。スマホで時刻を確認するといつの間にか22時を過ぎていた。

門限、なんて気にする必要はない。せっかく自由を手に入れたんだから。

◆◇◆◇◆

目が覚めて起き上がろうとすると思いっきり頭をぶつけた。

そうだ、ここは木を積み重ねただけの寝床だ。立ち上がることができない狭さだから、背中をズリズリと引きずりながら外に出る。

空を見上げると白んできてちょうど早朝を迎えたみたいだ。私は大きく伸びをして、森の空気を思いっきり吸う。体についた土や枯れ葉を払ってから、軽く準備運動。

朝食といきたいところだけど、さすがにまた火を起こして魚を焼くのは気が引けた。小枝や枯れ葉といえど貴重な資源だし無暗《むやみ》に燃やすものじゃない、と思う。これからどうするかな？このまま森の中で暮らす？

そんなに甘くないだろうけど、自分1人の力で生きていくというのは思ったより楽しい。誰に指図されることもなく、自分のことさえ考えていればいいなんて快適極まりない。

ただし生活するとしても住居とか、必要なものがたくさんある。しばらくはこの簡易寝床を使うしかないか。せめてノコギリだとか、刃物があればなぁ。ないものねだりをしてもしょうがない。

今日こそこの辺《あた》りを探索して、まずは地形や資源の把握に努めることにした。体力と相談しながら歩こう。

昨日食べた魚のおかげで必要な栄養源はたぶん摂取できている。私は方角を決めて歩き出した。歩く際、耳や鼻を利かせて集中する。

わずかな音や匂いすら拾う気概がなければ、この大自然では生き残れないと思ったからだ。サバイバルどころかキャンプの経験すらないんだから、大自然様は舐めてかかれる相手じゃない。

場合によっては森の出口が見つかったら、旅に出ることも検討しないと。

「これは波の音？」

1人、呟《つぶや》いたところで確信した。この先に海がある。ということはここは、海岸よりの場所だったのか。

私はダッシュして海を目指した。木々を縫《ぬ》うように駆けると塩の匂いがする。波の音が大きくなり、いよいよ森を出るとそこは砂浜だった。動画で見た海水浴場くらいの広さがあって、左右に延々と続いている。

限りない水平線を見る限りでは近くに島や大陸はないみたいだ。人生初の浜辺とあって、私は靴と靴下を脱いで駆けたくなる。

いざ靴を脱ごうとすると視界の左端に何かが見えた。それは1隻の船だ。ということは人がいる？

砂浜を走って船に近づくと、大きさはクルーズ船よりは遥《はる》かに小さいのかな？　それでも全長50メートルくらいはあるし、漁船にも見えない。

船体に船の名前らしき文字も見当たらないし、場所が場所だけにやけに神秘的に見えた。

警戒しつつも近づくと、甲板から1匹の猫がぴょんと降りてきた。綺麗な毛並みの黒猫だし、船の持ち主の飼い猫かな？　猫が丸い目で私を見た。

「あっ……あの、もしかして異世界から来た人間かにゃん？」

「あ、はい……」

猫が喋《しゃべ》ったぁとかリアクションするかと思ったけど、かなり冷静でいられた。そりゃね。異世界に飛ばされた時点で驚きのハードルくらい下がるよ。

「僕は君の国を担当している異世界十二神の……末席外、下っ端だにゃん。ここは君から見て異世界……まったく別の世界だにゃん」

「それはなんとなくわかっていたけど、つまり私は神様によって異世界に飛ばされたってこと？」

「まずはごめんにゃさい。あなたを異世界に招いたのは僕のミスだにゃん」

「ミス？」

猫神が腕で顔を洗った。神様らしいけど仕草《しぐさ》が完全に猫なんだよなぁ。ちょっとかわいい。

「僕の役割は世界に危機が陥った際に異世界から優秀な人間……勇者を召喚《しょうかん》して均衡を保つことにゃ。危機を取り除かないと人がたくさん死んでえらいことになるからにゃ」

「だったら神様がやればいいんじゃない？」

「神々は人とは違う高次元の存在なだけに、力の行使によっては概念そのものに影響を及ぼす可能性があるにゃん」

「それは困るなぁ」

なんて知ったような口で同調してみたけど、何を言ってるのかあまりよくわかっていない。

更ににゃん神様の噛み砕いた説明によると、例えば魔王や災害を神が直接どうにかすれば、それだけ大きな力の行使が必要になる。大きすぎる神の力は世界のバランスを歪めてしまう可能性があるんだとか。そこで大きすぎない力の行使として、神様たちは異世界から勇者を召喚することで危機に対処させる。

私としては異世界から人間を召喚することがすでに大きすぎる力だと思うけど。というかさらっと魔王とかいう単語が出てきたけど、ここはファンタジー世界なのかな？

「勇者召喚なんて下っ端がやる仕事にゃん……それなのに間違えてしまったにゃん」

「なんで私じゃダメなの？」

「それは君に印が刻まれてないからにゃん。勇者と呼ばれるに相応《ふさわ》しい力を持った人間には絶対に刻まれているはずにゃ……」

「印？　確かにそんなもの体のどこにもないなぁ」

「体じゃなくて精神にゃ。人間には見えにゃい……。でも、君は勇者と見間違えるほど……とてつもない人間にゃ」

猫神様が私の匂いを嗅《か》ぎながらうろつく。神様のくせにどうしてこう猫らしいんだろう。

「にゃっ!?」

「ど、どうしたの！」

「くる、来る……虎神様！」

砂浜に突如、雷が落ちた。砂を盛大に巻き上げたあと、そこにいたのは虎だ。猫に虎。ネコ科そろい踏みだよ。

「猫神ッ！　遅いと思えばまだ油を売っていたかッ！」

「にゃん！　ごめんにゃい！」

「その様《ざま》だから貴様は十二神の末席外なのだ！　鼠神様のお命を狙った罪を償う気があるの

か！」

「ごめんにゃい！」

虎の神様がガミガミと猫神様に怒鳴《どな》っている。目の前に神様が2匹、いや2人もいるなんて1日前の私に言っても信じなかっただろうな。

それにしても猫神様が鼠神様を狙ったせいで末席外扱いか。日本でもそんな神話があったような覚えがある。

「猫神が召喚した人間というのは貴様だな。なるほど……」

「何か？」

「凄《すさ》まじいな。歴代勇者と比べても遜色《そんしょく》ないどころか、これは……。それでいて印がないとは、なんとも奇怪であるな」

「印がないとダメなの？」

「貴様がいかに凄まじかろうと、勇者でなければ成せぬことがある」

聞いたところによるとこの世界では勇者信仰のおかげで、勇者なら力を貸してくれる国が多いらしい。

更に勇者としての特別な力はあらゆる封印を解いたり、災厄から守ることができる。神様の最小の力で、尚且つ最大の効果を発揮するのが勇者召喚というのは理解できた。

だとすると虎神様が猫神様のやらかしに怒るのは当然だ。次に勇者召喚を行使したら、世界のバランスに影響を及ぼす可能性があるから。

「猫神よ、この件はひとまず預かる。貴様はこの人間の面倒を見ろ」

「にゃ!?　それはどういうことですにゃ！」

「曲がりなりにも、この人間は自らの意思に反してこちらに呼び出されたのだ。この世界で不自由なく暮らせるだけの力を授《さず》けてよい」

「で、でも、そこまで……」

虎神様が意外な提案をした。私としてはありがたいけど、神様にそこまでしてもらえるもの？

「印がない者を転移させただけでも問題なうえに、死なれてみろ。我々が殺したようなものだ。よほどの理由なく我々が人間の命を奪うことなど許されんだろう？」

「そうかもしれないにゃ……鼠神様に何をされるか……」

「理解したのなら責任を果たせ」

虎神様がまた雷となって天へと帰っていく。神様も意外と忙しいんだね。

それに私みたいな人間を気づかってくれるとは思わなかった。神様からしたら人間なんて吹けば飛ぶような存在だろうに。

「えーと、それで猫神様が私の面倒を見てくれるって？」

「そうにゃ。この世界には君が知らない危険がたくさんあるから、適応できるように力を与えるにゃ」

「力？」

「そう、今から与える力は異世界で快適に過ごせるためのものにゃん」

力と言われても、あまりピンとこないな。でも知らない世界である以上は何があるかわからないし、ありがたくもらおう。

猫神様の話によると、召喚した人間にはいわゆるスキルを授けるらしい。仮に私が勇者だとしても、元は平和ボケした世界の人間。この世界にはヒグマ以上にやばい生物がいるため、それらに対抗する力は必須だ。

とはいえ、私は勇者じゃないから元々そこまで大それた力はいらない。

「まぁ力といっても君に授けられる力はあまりないにゃん」

「どういうこと？」

「わかりやすく言うと、君は身体能力がずば抜けているにゃん。元の世界でも思い当たることはなかったにゃん？」

「ありすぎる。子どもの頃から自分は普通じゃないと思ってた」

「おそらくそのままでも魔物と戦えるにゃん。どんな武器を持つよりもその体が一番強いにゃん」

「そこまで？」

まぁ確かに蹴り1つで木をへし折るなんて普通の人間にはできない。子どもの頃、いじめをやっていた男の子をぶっ飛ばしてから暴力を自粛していた。男の子は瀕死《ひんし》の重体で担《かつ》ぎ込まれるわ、いじめられていた子ですら怯《おび》えるわ、両親からは激怒されるわ、散々だった。

体育の成績は常にトップで、いろいろな運動部からの勧誘が絶えなかったな。

特に授業でやった柔道で立て続けに一本決めしたせいで、柔道部からお誘いされた。あまりにしつこいから一度だけ体験入部した際に部長を投げ飛ばしてしまったっけ。高校生にして78キロ超級の人だったものだから、校内で話題になって困ったな。

そりゃ私だって運動は好きだし、部活くらいやってみたかった。だけど両親が運動部への入部を許してくれないからしょうがない。あの事件のこともあって、怪我をさせたらどうするのとかうるさいんだから。

「まぁ言うなればフィジカルモンスターってところだにゃん。今までの勇者でもそこまでの人間はいなかったにゃん」

「モンスターかぁ。そう言われたほうがしっくりくるかな。妹と違って私は風邪《かぜ》一つひいたことないからね」

「その体ならウイルスや病《やまい》とは無縁だにゃん。つまり君に何を授けるかとなると……あまり大きな力は無理だにゃん」

「無理にとは言わないよ。世界の均衡が崩れてバランスが変わっちゃうかもしれないんでしょ？」

猫神様は考え込んだあと、片手をくいっと上げた。空中に文字が出現して、それがスキル名だとわかる。

【鑑定】【水中呼吸】【水圧完全耐性】【料理】【解体】【言語】

「これが君にあげられるスキルだにゃん」

「いや、十分じゃ？」

【鑑定】はあらゆるアイテムの詳細、例えば概要や良い悪いを含めた効果などがわかる。これは地味にありがたい。いくら私の体がすごいといっても、毒に耐えられるかどうかは怪しいからね。

【水中呼吸】と【水圧完全耐性】。この2つが役立つ環境は限定されているけど、海越えを検討していた私にとってはありがたい。

【料理】は食材さえあれば、すべての料理を作れるようになる。実はこの中で一番ありがたいかもしれない。すべての料理ができるということは楽しみの幅が無限大ということ。これから異世界を楽しむ私にとっては願ってもないスキルだよ。

【言語】はこっちの世界の言葉を話したり聞けるスキルだ。読み書きもできるみたいで、これはかなり助かる。

最後に【解体】だ。魔物を必要部位ごとに解体できるようになれば、需要がある部位を売ることができる。しかも寄生虫なんかの有害なものも取り除ける。

「本当はこれでもギリギリにゃん。特に【水中呼吸】と【水圧完全耐性】によって最強のモンスターが誕生したかもしれないにゃん」

「そんなに！　勇者はもっといいスキルをもらってるの？」

「その人間によりけりで、例えば【全魔法】や【全剣技】なんてのがベターにゃん」

「すごいなぁ……」

全魔法や全剣技以上の私の体ってなんなのさ。確かに魔王なんてものを討伐するとしたら、そのくらい必要かもしれないけどさ。じゃあ、私に魔王を討伐できる力があるってこと？

あったとしても絶対にやらないけどね。この自由は私のものだ。使命なんてものはない！

「それと君にそこにある船をあげるにゃん。ここは何もない無人島だから、脱出して好きな場所に行けるにゃん」

「あれも？　いいの？」

「スキルと船、これで君にあげられるものは全部にゃん」

「あ、そうか」

そういうことなら、ありがたくもらっておこう。いくら水中呼吸と水圧完全耐性があったとしても、それだけで海を渡るのはたぶん無理だ。いざとなったらイカダでも作ろうかとか考えていただけに、まさに助け船だよ。

さっそく船に乗り込むと、甲板《かんぱん》だけでもなかなか広い。意外にも帆船《はんせん》じゃなくて、現代にあるようなエンジンで動く船に近いフォルムをしている。

猫神様によるとこの船は一切のエネルギーを必要とせず、どこまでも動かせるらしい。

船長室に当たる部屋には甲板の中心にあって、ドアを開けるとそこにはハンドルの類がない。船には世界地図が表示されたディスプレイが取り付けられている。様々な国の名前が書かれていて、ワンタッチすると拡大されて更に町の名前なんかが表示された。

町の名前をタッチすると、最寄《もよ》りの海岸まで船が勝手に動く。要するにオート操縦だから私は何もしなくていい。

極めつけにこの船は絶対に沈んだり転覆《てんぷく》することがないという。すごすぎる。

「海にも当然魔物はいるにゃん。だけどこの船が破壊されることはないから安心してほしいにゃん」

「じゃあ、私の身を守ることだけを考えればいいわけだね」

「そうにゃん。中を案内するにゃん」

操縦室といっていいかわからない部屋を抜けると、そこには一通りの生活スペースがあった。キッチンやお風呂、トイレ、洗濯機。驚いたことに洗剤やペーパーが無限にストックされて尽きることがない。アメニティグッズも同じだ。ボディソープやシャンプー、リンスなど欲しいものは大体揃《そろ》っている。

水はどこから来てどこに流れているのかと聞くと――

「神の力にゃん」

これ以上は聞かないほうがいい気がした。たぶん私の頭じゃ理解できない神の力でどうにかなっているんだろう。神様の力ってすげー、てね。

生活フロアの先には寝室がいくつかあって、ふかふかのベッドに思わず横になる。このまま眠ってしまいたくなるくらい気持ちいい。もう硬い地面の上で寝る必要がないんだなぁ。

生活フロアを抜けるとそこは食料庫だ。塩、醤油、胡椒《こしょう》、マヨネーズ、オリーブオイル。無数の調味料の他には米などの食材もある。

これらは使ってもなくならないらしく、この船にいれば食に困ることがない。どういう仕組みか質問しようと思ったけどやめた。これは神の力だ。

ここには熟成ボックスというアイテムがあった。食材を食べ頃の状態にまで熟成させるという優れもので、魚の調理に役立つ。

他にもいくらでもアイテムが収納できるアイテムボックスや携帯できるアイテムポーチと、至れり尽くせりだ。

「まさに神の船だね。これだけあればこの島から出られるよ」

「君ならこれだけあれば生きるのに困らないはずにゃん」

「うん。ここまで世話になったんだから、自力で楽しむよ」

「じゃあ、僕はまだ仕事があるからここでお別れにゃん」

甲板に出たあと、猫神様が船から飛び降りた。と思ったら、亜空間みたいなものにすぅっと吸い込まれていく。

神の世界みたいなところに帰ったのかな？　思い返してみると謎だらけだけど、私なんかが踏み入っていい領域じゃないんだろうな。

これだけ与えられたんだからあとは全力で楽しむだけだ。テンションが上がって素人シャドーボクシングをしてみた。型もめちゃくちゃだろうけど、自分なりに少しずつトレーニングをしてみたほうがよさそうだ。魔物なんてものと遭遇《そうぐう》したら大変だからね。

「いよっしゃあぁーーー！　いよいよ新天地を目指して出発！」

操縦室に戻って、ディスプレイを眺《なが》める。まずは最寄りの大陸にある海岸沿いの町の場所をタッチした。

◆◇◆◇◆

何よりひとまず風呂に入ることにした。さっそくお湯張りボタンを押すとものすごい勢いで浴槽にお湯が溜まった。その間、わずか数秒。速い。

手を入れて温度を確認すると大体40度前後ってところかな。私としてはもう少し熱い湯が好きだから、お湯焚きボタンで42度に調整。

脱いだ服や下着を洗濯機に入れて回してから、湯船に入った。他に誰も入らないからシャワーを浴びずに入る。これだよ、これ。

自分より先にお風呂に入ると烈火のごとく怒り出す妹なんていない。

「あぁ〜〜〜！　生き返るぅ！」

大声で叫んでも誰にも迷惑がかからない。はぁ、極楽。今までの疲労がすべて剥がれ落ちていくかのような気持ちよさだ。

こうしているとここが船の中ということすら忘れてしまう。この船、今もオートで動いている。船内だというのに揺れを一切感じないのはさすがだ。この船なら船酔いにもならなさそう。

到着予定日数まで表示されていて、確か1週間程度だったかな。向かっているのはグランシア大陸、地図を見る限り世界で2番目に大きい。到着予定の港町はローグリード王国領内とのことだけど、さすがに詳細まではわからなかった。大陸の中でもそこそこの領土を持つ国だから、まぁ栄えてはいると思う。

湯船から上がって頭や体を洗い終わってからまた浸《つ》かる。出たあとは仕上げに冷水を浴びる、これが入浴の締めだ。夏場の風呂上がり後の感触が最悪で、どうにかならないかと考えてこの方法に行きついた。最初は冷たくてバカじゃないのと自分でやりながら思ったけど、少しずつ慣れてみればなかなか気持ちいい。

体中がスッキリした感覚になって、夏場の風呂上がり後は汗をかくことがなかった。体の調子がいいし、今では冬だろうとこれは欠かせない。

風呂から上がって体を拭いて頭を乾かしたあとは洗濯機から服と下着を取り出す。きちんと洗濯されているだけじゃなく、しっかり乾いていた。

ゴムで髪をまとめてポニーテールにして、1人で気合いをいれてポーズをとる。さっぱりしたところでお腹が空いたな。食料庫に行って何を食べようか、考えた。いろいろと作れるものはあるけどまずはこれでしょ。

お米を取り出してから、キッチンに持っていって研《と》ぐ。炊飯器に入れて炊《た》き上がるのを待った。

異世界生活2回目に摂取する食事は普通のご飯だ。世界が変わっても米が食べられるのはありがたい。米は主菜の相方だ。主菜を味わったあと、米を食べることで主菜の尾を引くようなおいしさを感じる。だけど今は米だけだ。たまに無性に米だけを食べたくなる時が誰でもあると思う。

「炊き上がった！　わぉ、ふっくらつやつや！」

さっそく器によそって口の中にかきこむ。ほんのりとした甘みと米特有の風味、温かさが重なって箸《はし》が進む。

「ん〜〜〜！　おいしっ！」

つい4杯ほど食べちゃったあと、残りは夜にしようと思いとどまった。

腹ごなしに甲板で運動をすることにした。来るべき戦いがあるとしたら、私も鍛《きた》えておかないといけない。体が強くても戦いの素人ならどうしようもないからね。

それからは1人でパンチや蹴りを繰り出して、存在しない仮想敵を想定する。といっても私が思いつく相手なんて柔道部の部長くらいだ。部長が掴《つか》みかかってきたところを蹴りで顎を粉砕。

あらゆる攻撃を想定して動いてみたけど、柔道の選手相手にパンチだの蹴りで戦うのはなんか違う気がした。部長が弱いとかそういう話じゃなくて、私が想定しなきゃいけないのは魔物だ。

でも召喚された歴代の勇者たちだって私と同じく魔物との戦闘経験なんてないはず。それなのに勇者と呼ばれるほど活躍までするんだから、やっぱり持っているというやつかな。

自主トレーニングをやめるわけにもいかず、汗まみれになるまで動いた。これ、風呂に入る前にやるやつだと気づいたところであとの祭りだ。

本日2回目のお風呂と洗濯を済ませてから、甲板の上で仮眠をとることにした。海の風が気持ちよくて、波の音がより眠気を誘う。小一時間ほど寝てから大きく伸びをして、海を眺める。

ふと【水中呼吸】と【水圧完全耐性】を試してみたくなった。この2つがあれば水中で事故を起こす確率は大幅に減る。肝心の泳ぎは水泳の授業で問題ない。ただし波や海流がある海となるとどうだろう？

ただ泳ぐだけじゃなく、潜《もぐ》って泳ぐのは？　やってみたい。裸で泳ぐわけにもいかないから、水着の問題が出てくる。ところが船内を探してみると、なぜか水着が備えられていた。

なんでこんなものがあるんだろう？　あの猫神様が？

「ちょっと肌面積が広くない？」

エッチとまではいかないけど、欲を言えばもう少しそこは控えてほしかった。仕方なく水着を着て準備運動をしてから、船をひとまず止める。

甲板から海に飛び込んだ。ドボンと水中に沈んだところで私は手足を動かした。思うがままに泳ぎ始めると、意外とすいすい進める。一回転や半回転、頭の中で思い描いた動きが次々と実現できた。

（やだ！　泳ぐの楽しい！）

シンクロナイズドスイミングの真似事をしてみたり、泳いでいる魚の群れについていった。

太陽の光が届く海中の光景は幻想的で、他にも見たこともない魚が泳いでいる。光に照らされるたびに色が変わる魚の群れがすごく綺麗だ。

思わず見とれていると、大きい何かが悠々と泳いでくる。

（サメ？　目が４つあるし、どう見ても魔物……）

逃げようと思った時には遅い。水の抵抗とかなんのそのといった速度で、私に向かってきた。

鋭い殺意ごと真っ直ぐ向かってきて、全身の内側から何かがこみあげてくる。命の危機のはずなのに、この舞い上がるような感覚はやっぱりワクワク感というやつだ。そう認識した瞬間、四ツ目のサメの動きがとてつもなくスローに見えた。

「ぶぁぶぁっでふぉーいっ！（かかってこーい！）」

サメの突進を軽やかな泳ぎでかわしたあと、拳を握りしめる。水の抵抗を気にすることなく渾身《こんしん》の一撃をサメの横っ腹にぶち当てた。ズドンという音が水中で鈍く響いて、サメが腹を見せたまま海面に浮いていく。

（私、ちゅよい……）

小学生の時以来、初めて生物を殴ったけどこれは恐ろしい。しかも水中でこの威力か。元の世界でよく事件を起こさずに過ごせたな、私。その後、泳いで海面から顔を出すと船が遠くに見えた。

思ったよりだいぶ遠くまで来ちゃったんだな。このまま流されるわけにもいかないから、全速力クロールで船に戻った。

◆◇◆◇◆

無人島からの航海から4日目、相変わらず陸が見えないという広大っぷりだ。

この船の速度は素人から見てもかなり速い。海をかき分けるように爆速で進んでるように見えるし、たまに大きい魚の影が海面に見えてもすぐに追いかけてこなくなる。

猫神様は説明してくれなかったけど、この船は私が乗っていないと動かないらしい。昨日、うっかり船を動かしたまま海に飛び込んでしまって焦ったからね。慌てて海面から頭を出したけど、船は止まっていてホッとした。異世界に来て初めてゾッとしたよ。来てから1週間も経ってないけど。

私がまた船に乗るとすぐに動き出す。なんて偉い船なんだと、思わず撫《な》でてしまった。もし置いていかれたらそのまま泳いで大陸を目指さなきゃいけない。もちろん方角もわからないから、到着できる見込みはほぼゼロだ。いくら【水中呼吸】と【水圧完全耐性】があっても、さすがにもたない気がする。

この船旅、退屈するかなと思ったけど案外そうでもない。甲板の上で体を動かすだけでも楽しいし、途中で船を止めて泳ぐのもいい。天気も運よく快晴が続いてくれているのも船旅生活にとって追い風だった。

他にやることと言えば釣りだ。船内を探索していると釣り竿《ざお》を見つけて、船を止めて楽しんでいる。餌《えさ》は食料庫にある小エビを使っていた。釣り糸を垂らしていると意外といろいろな魚が釣れた。【鑑定】のおかげで魚の種類がわかるのはありがたい。意外なのはニジマスやサンマ、ニシンみたいなメジャーな魚が釣れたことだ。異世界でも私が知っている魚と出会えるとは思わなかった。

ということは、あまり生態系が変わらないのかなとつい難しいことを考えてしまう。異世界で私の知る常識が通じるわけがないと考えるほうが自然なんだけどね。四つ目のサメなんてものがいる世界だもの。

釣りで釣れた魚は食料庫のアイテムボックスに保管してある。これは釣った状態の鮮度を保ったまま保管されるから、釣りすぎても困らない。

そうすると自分で食べる以外の使い道を思いつく。イワシがたくさん釣れたから、これを釣り餌にすれば違ったものが釣れるかもしれない。

イワシをルアーに取り付けて海に放り投げて待つこと数分。突然、釣り糸がピンと張った。少し力を入れたところでまったく持ち上がらない。

「こ、これ、なかなか大物なんじゃゃ……」

釣り糸がググッと海中に持っていかれる。こっちも本気を出すしかないね。手加減せず、グッと腕に力を入れる。

「おりゃあぁーーーーーっ！」

釣り竿を上げると、海面からドバァッと出てきたのは巨大なマグロだ。

甲板に叩きつけられるようにして落ちたマグロの振動はなかなかのものだった。ピチピチと暴れるマグロの迫力と力強さといったら、サメの魔物以上に生命力を感じる。

マグロ釣り漁師を取り扱ったテレビ番組を少し見たことがある。大変な仕事なのにあんなにも情熱を注いでる理由がわかった気がした。この巨大マグロが釣れた時の達成感と迫力はきっと何物にも代えがたいんだろうな。

大きさは全長4メートル以上と、マグロの中でもトップクラスだ。こんなものを腕力だけで釣り上げたなんて、こりゃ確かに勇者以上だよ。マグロの動きが鈍くなったところで、キッチンから解体用の包丁《ほうちょう》を持ってきた。

まずは血抜きをするために不要な部分を取り除く。尾と頭を落としてから、3枚におろした。【解体】スキルのおかげで体がスムーズに動く。各部位ごとに分けた段階で、1つを残して残りはアイテムボックスに保存しておいた。

さて、これをどう調理しようか。マグロといえばやっぱり刺身のイメージが強い。ブロックを更に食べやすい状態に切ってから赤身、中トロ、大トロと分けた。

まな板の上に赤身を載せて一口サイズにスライスして、皿に盛りつける。

1人で食べるから盛り付けなんかどうでもいいだろうけど、雰囲気雰囲気。

ご飯をよそってマグロ定食といこう。と、ここで食べたい衝動を抑えなきゃいけない。釣りたての状態だと固くておいしくないから、熟成ボックスで熟成させることにした。

熟成させることにより魚からイノシン酸という成分が分泌されておいしくなる。程よく熟成されたマグロを取り出すと、小皿に醤油を入れた。マグロのイノシン酸と醤油のグルタミン酸が合わさることで、マグロの味が本領を発揮するのだ。

さっそく赤身を箸で摘《つ》まんで口に入れた。

「コクがあるぅ！」

赤身の段階で柔らかくておいしい。ご飯を一口食べてから続いて中トロに箸をつけた。こっちは赤身とは違って口の中でほどけるほど柔らかい。

「おいっふぃぃいぃ〜。赤身と中トロ独占できるだけでも贅沢《ぜいたく》なのに、まだ大トロがある。どうさ、これ？」

誰に話しかけているのかわからない。私1人だからたとえ相手がいなくても、言葉を話すのは大切だ。あまりに対話していないと、いざ人と話した時に言葉が出てこないなんてことが往々にしてあるようだからね。

大トロをつまんでみると、どこか凛々《りんりん》と輝いて見える。1人で大トロを独占する贅沢を決して当然と思ってはいけない。

これを至福の贅沢と認識したうえで大トロを食べると――

「脂身と柔らかみと醤油がマッチする！　おいしっ！」

そしてこれはご飯が進む。醤油のしょっぱさとマグロの風味が白い米に乗って旨味を更に感じられる。マグロ、白い米、マグロ、白い米。おかずと米、このコンボを味わうたびに日本に生まれてよかったと思う。

マグロを食べ終わる頃、ちょうど米が一口分だけ残った。好みはあるけど、最後の一口の締めは米派だ。そんな派閥があるかはわからないけど、このほうが口の中に程よい後味が残る。

残ったマグロはまた別の方法で食べてみよう。他に釣れた魚もあるし、どう調理しようか楽しみだ。

◆◇◆◇◆

いよいよ目的地のグランシア大陸まで残り1日になった。

昨日まで意気揚々と船旅を楽しんでいたけど、突然の悪天候で嵐が来てしまう。大波で船が転覆する勢いだけど、なんと常に水平に保ったまま進んでくれた。この船で船酔いが一切起こらないのは、そういうことなのかと納得できる。

ただし波は容赦なく甲板に被るから、人が流されないように注意しないといけない。だから嵐が来た時はおとなしく船の中で待機するのが正解だ。

波によって海中に入っても、まるで潜水艦のように黙々と進み続けるこの船がたくましい。さすが神の船だ。

とはいえ、嵐事態は心地のいいものじゃないからもちろん歓迎はできない。船が問題ないといっても、乗ってる人間は別だ。いくらフィジカルモンスターとはいえ、嵐で大荒れの海に投げ出されて生きていられる自信はない。

今日はウソみたいに快晴だから、朝食は外で食べることにした。メニューはなんとTKG、そう。卵かけご飯だ。これと釣ったサケを解体して切り身にして焼いたものをおかずで食べる。味噌汁の具は海らしくワカメにした。卵かけご飯を食べる際の流儀はいろいろとあると思うけど、私はご飯の上に卵を載せてから醤油を垂らす。それから一気にかき混ぜてから食べるのが一番おいしい。鮭の程よい塩気がいいアクセントになるし、熱々の味噌汁をフーフーしながらすするのもたまらない。

ワカメを箸でつまんで食べると、柔らかくてくにゅっとした食感を熱さが包んでいて舌によく染みるようだった。

個人的に味噌汁は舌を火傷《やけど》するくらい熱いほうが好きだ。そして冷めないうちにちょうどいいタイミングで飲み切る。

そうすることで、より味噌汁を飲んだあとの余韻が残ってくれた。鮭は骨が張り付いているほうの身に油が集中していておいしい。

丁寧《ていねい》に身をつまんで味わい、最後には皮をいただく。パリッとした食感と油っぽさが入り混じった味わい、これだよ。鮭の本体は間違いなく皮だ。異論は認めない。

「ごちそうさまでした」

手を合わせて食の終わりに感謝を示す。食器を洗ってから準備運動をして、今日は何をするか考えた。たまには海に潜ってみたいけど、あと少しで目的地に着くのに船を止めるのはもったいない。そうなると釣りか、自主トレーニングか。

どちらか悩んでいると、海面がバシャバシャと音を立てていた。大きい魚でもいるのかな？　見るとそれが1つや2つじゃない。船の周囲の至る所の海面がバシャバシャと音を立てて、何かが出てきた。それは魚じゃなくて人の頭だ。丸い目、たらこ唇、頭の左右にヒレ。頭髪はなくて緑の鱗《うろこ》で覆《おお》われていて、一見してマヌケそうな顔をしていた。

（あ、やる気だな）

殺気を感じた時にはそいつが海面から跳ねた。1つ、2つ、3つ、4つ、5つ。それらが甲板に飛び乗ってくる。

全身が鱗に覆われていて、手や足の指は水かき状。これはいわゆる半魚人、もしくはサハギンというやつかな。グランシア大陸到着目前で、すごいものに遭遇してしまった。

「ギーーー！」

「ギッギッギィ！」

「ギギギー！」

なんか言ってるな。やたらと楽しそうにはしゃいでいるし、たぶん私を舐めているんだろう。

いいよ、かかってきなさい。私は素人ながら構えをとった。

「ギギーーッ！」

サハギンたちが軽やかな身のこなしで私に飛びかかった。

私はしゃがんでサハギンを回避、そのまま垂直蹴りでサハギンを蹴り飛ばした。続いて向かってきたサハギンにかかと落としをくらわせて気絶させる。

「ギッ⁉」

「ギッ！　ギッ！」

あっという間に仲間が倒されたものだから動揺している。

格闘技の経験なんてないけど、こんなものでいいのかな？

格闘技なんてテレビで少し見た程度だから、たぶん動きは素人同然だと思う。

残ったサハギンたちはたじろぎながらも、まだ戦意を失っていない。1、2とリズムを刻むようにして甲板を蹴ってフェイントをかけてきた。

少しは考えるだけの知能があるのが驚く。思ったより知能は高そう。

「ちぇぇいッ！」

「グギエェッ！」

突っ込んできたサハギンの腹に正確に蹴りを入れた。甲板の外まで吹っ飛ばされたサハギンが海に落ちる。

更に残ったサハギンたちに向かっていって、2匹まとめて回し蹴りをくらわして吹っ飛ばす。

最後の1匹の顔面に容赦なく拳を当ててると、そのまま倒れてピクピクと痙攣《けいれん》し始めた。

「勝手に上がり込んできたんだから痛い目くらい見て当然だよね」

最後に殴ったサハギンがよろけながら立ち上がろうとした。だけど力が入らずにぺたんと甲板に座り込んでしまう。

私が見下ろすと、ぎょっとしたように見上げた。

「どうするの？　帰る？」

「ギッ！　ギーギーギー！」

「頭を押さえてるってことは降参？」

「ギッ！」

震えているし、見逃してくれってことかな。

命を狙っておいて都合がいい話だとは思うけど、異世界に来て間もない身だ。この子たちも何か理由があって私を襲ったのかもしれない。

海面を見るとさっき蹴り飛ばしたサハギンたちが頭だけ出して見ていた。あっちも戦意はないみたいだ。

「もう私を襲わない？」

「ギッ！　ギッ！」

「本当に？　ウソだったら？」

「ギィ！　ギィ！」

拳を鳴らして脅してみると理解できたみたいだ。サハギンはまた頭を押さえて降参の意思を示している。

海にいるサハギンたちを見ると、一斉に頭を左右に振った。意外とかしこいのでは？

「じゃあこれから私はグランシア大陸に行くから邪魔しないでね」

「ギギンギギ？」

「今グランシアっつった？」

「ギッ！」

サハギンが船首から海に飛び込んだ。船の先頭を泳ぎ始めてからちらりと見る。

「ギーーッ！」

「もしかして案内してくれるの？」

「ギギンギギ！」

「今グランシアっつった？」

サハギンたちが先頭を泳ぎ始めたし、船の進行方向と一致している。

これは善意でやってくれていると解釈していいのかな？　それとも得体の知れない怪物を信用しすぎ？

どっちにしてもまた襲ってきたら返り討ちにするだけだ。

本当は必要ないけど今日は甘えてみよう。別に私だって戦いたいわけじゃないからね。

第二章　港町での暮らし

グランシア大陸に着くまでサハギンたちは船の先頭を泳いでくれた。

この船、かなり速いはずなんだけど、サハギンたちはずっと距離を維持しているのがすごい。

港町が近くなってきたところでサハギンたちとお別れした。

「ありがとねー！」

「ギッ！　ギッ！」

なんて言ってるのかわからないけど、どういたしましてとかそんな感じかな？　サハギンたちが沖へと泳いでいくのを見届けてから、船を港に近づけた。

港町が見えてくるにつれて、私はその光景に目を奪われる。港には大小様々な船が停泊していて、いかにもな男たちが積み荷を降ろして運んでいた。

船の形もこちらに負けず劣らず奇抜な見た目をしたものが多い。船体に水車のようなものを取り付けていたり、船首の先から伸びている鎖が海に続いている。海面に巨大な黒い影が見えるから、もしかしてあれに船を動かしてもらっているのかな？

他には船体がほぼ鋼鉄で作られているような船や煙突がついている船と、つい見とれてしまう。

ほぼ球体の船やテントのような三角形の建物が建っている船、どれ1つとして同じものはほとんどない。

どうもこの世界は私が思っているより技術水準は低くない。

風力だけで動く帆船だけじゃなく、なんらかのエネルギーを利用して動いている船は珍しくなさそうだ。

（これが異世界……！）

ここで私は改めて違う世界に来たんだなと実感する。同時に胸が高鳴って、テンションが上がってきた。

行くぞ行くぞ、早く上陸したい。何があるのか見てみたい。歩きたい。触れたい。私の船が停泊してもあまり目立たないとわかった以上、遠慮することはない。

実は少し心配していただけに、反動でワクワクが止まらなかった。

空いているところに船をつけてから降りると、男の1人がこちらに気づく。筋骨隆々といった体格の男が眉間《みけん》に皺《しわ》を寄せて寄ってくる。

「おう、どこのモンだ？　国指定の海賊の入港は断ってるんだが……そうは見えないな」

「世界を旅しているセアです」

男は私をジロジロと観察した。服装について突っ込まれるかな？

「女の子1人でそいつはすげぇ。しかもその若さで船を持っているとは、只者《ただもの》じゃねぇな」

「まぁ譲ってもらっただけなんで……」

「ローグリード王国第二の海のエントランスと言われたこのシルクスに目をつけるとはな。見どころがあるぜ……おっと、うるせぇチーフが呼んでらぁ。じゃあな」

遠くで別の人が大声で何かを叫んでいた。男が慌てて持ち場に戻っていく。確かに仕事もあるだろうし、私なんかに構ってるほど暇じゃないんだろうな。この服装もさほど珍しくないみたいだ。

港を歩く人たちを見ると、私のジーパンに近いものを着用している人も珍しくない。港らしく各国から人が集まっているみたいで、それこそ服装なんて様々だ。私はしばらく港を歩いて散策することにした。人がごった返すのはこっちの世界と同じみたいで、ぶつからないように歩くのも大変だ。

頭に籠《かご》を載せて歩く人とか初めて見た。籠どころか蕎麦《そば》の出前みたいな桶《おけ》を高く積んだまま肩に載せて歩く人なんてもはや曲芸だ。

この人の波を器用にかわして移動している。どんな仕事なんだろう?

船を見てみると、停泊しているのは商船だけじゃない。豪華そうな鎧《よろい》を身に着けた屈強なおじさんが自分の船を数人に自慢している。あれはいわゆる旅の剣士というやつかな?

さっきの人が言っていた意味がわかった気がした。旅の剣士でもあんな風に自分の船を持つ人もいるわけだ。そして他の旅人は乗せてもらえることがある。元の世界でも船長の権限は絶対だと聞いているし、そりゃ偉そうにもなるか。

このまま見てるだけでも面白いんだけど、観光をするならお金が必要になる。さすがに猫神様はお金まではくれなかったから、これぱっかりは自分で稼ぐしかない。すごいスキルと船までもらっておいて、お金を稼げないなんて情けないことだ。当面は航海中に釣った魚を売って生計を立てようと思う。

というわけで船に戻ってから魚が入ったアイテムポーチを持ち歩くことにした。これはアイテムボックスの小型バージョンみたいなものだ。

食料庫の調味料や食材も売れるんじゃ？　と考えたけど、この世界にないものが多いから無暗に売るのは危ない。変に目をつけられても厄介《やっかい》だからね。

この世界の仕組みをある程度、知っておく必要がある。何も知らない以上、他人に聞いて回るしかない。そんなことも知らないのかとバカにされるかなと思ったけど、通りすがりの人にすごく親切に教えてもらえた。

まず商売をするなら商業ギルドに登録する必要があるらしい。商業ギルドは商売人を一括管理するお役所みたいなもので、無許可での販売は罰せられる。商業ギルドに登録せずにものを売りたいなら、直接各ギルドに行けばいいと教えてくれた。

例えば魚を売りたいなら漁業ギルドだ。ここでは海産物を一括管理している。漁師は釣ってきた魚を漁業ギルドに売って、魚店や飲食店はここから仕入れるという流れだ。もちろん漁師が直接売るのは禁止されている。

ただし漁師が商業ギルドで認可を受けていれば、販売と兼任できるらしい。なかなか厳しいな、勝手に販売してもバレないいんじゃ？　そう思ったけど甘かった。つい先日、商業ギルドから認可を受けていない闇商人の組織が各ギルドを通さずに無許可で品物を売って捕まったと親切に脅してくれた。

じゃあ、いらなくなったものを店に売るにも商業ギルドの許可が必要なのかな？　そう聞いてみたところ、そういう場合も各ギルドに行かなきゃダメみたい。

「あれこれ聞いてくるけどさ。法の目をかいくぐっても無駄だよ。上がノーと言った時点で終わりなんだからな。君はまだ若いんだから真面目《まじめ》にやりな」

「あ、はい」

いわゆるグレーゾーンを狙ったところで、衛兵が踏み込んできたら終わり。仮に違法じゃなかったとしても、身に覚えがない濡れ衣を着せられて捕まることもあるという。ここは元の世界ほど人権が尊重されてないみたいだから、気をつけなきゃね。

親切な人に手厳しいお言葉をいただいたところで、お礼を言って別れた。

私が目指すべきは漁業ギルドだ。商業ギルドでの認可は割とハードルが高いらしく、今すぐ売りたい私が行くべきじゃない。この大量の魚をひとまず売って少しでも資金を増やそう。

漁業ギルドは元いた世界でいう市場に似ている。港に建てられた巨大な建物の中に延々と続くように見える魚の絨毯《じゅうたん》。いや、表現が適切じゃないかもしれないけど一面が魚売り場みたいになっていた。ここで魚を売っている人たち全員が漁業ギルドの人か。魚2匹が互いの尾を追いかけているような丸いシンボルがエプロンに刻まれている。

ああいう所属を示すシンボルが、ちょっとかっこいいなと思ってしまう。

どこも活気で溢《あふ》れていて、1つの競りに対して多くの人たちが集まっている。

大人2人分の身長がある魚が吊り下げられていて、5万だの6万なんて金額が叫ばれていた。

あれ、どんな味がするんだろうな？　どこで獲れるんだろう？　眺めているうちに涎《よだれ》が出そうになった。

そんな私を怪訝《けげん》な顔で見る人たち。なんでもないです。ただの食いしん坊です。ごまかすかのように早歩きで立ち去り、目指すは査定場だ。

いくつかの列があって、全員が魚を売りに来た人たちだ。漁師らしい人が目立つけど、武装した人も少なくない。細長いウナギみたいな大きい魚を抱えている人や背負っているカゴから長い魚の尻尾らしきものをちらつかせている人。

あれはたぶん自力で獲ってきたんだろうな。ここに来るまでにまた聞いたんだけど、この世界には冒険者と呼ばれる人たちがいるらしい。元は人が簡単に立ち入れないところを冒険するという意味でつけられた名前だ。

大昔、未踏破地帯を探索したことで有名なリンガルという人が魔物討伐もやっていたことで最近では名前の意味合いが変わったとか。

それまでは魔物に見つからないように知恵を絞って探索するのが一般的な冒険者だった。リンガルの活躍で冒険者の風向きが変わり、それから魔物討伐をこなす人が少しずつ増えて今に至る。

あの冒険者たちはきっとおそろしく強いんだと思う。あの化け物みたいな魚を獲ってくるくらいだし、それで生計を立てているなんてとんでもない話だ。

私のずっと前に並んでいたウナギの化け物を獲ってきた人の査定が始まった。

「これほど大きいボルトウナギは見たことがない！　査定額は30万ゼルは下らないだろう！」

「ガッハッハッハッ！　当然だな！」

大柄な戦士風の男が得意げに笑う。他に並んでいた人たちも感嘆の声を上げる。30万ゼルの価値はわからないけど、たぶんすごい。

機嫌よく立ち去ったあと、次々と列が消化されていく。大体3000、6000と4桁に収まる査定額ばかりだ。さっきのおじさんがいかにすごいかよくわかる。

そしていよいよ私の番だ。アイテムポーチから魚を大量に取り出して査定に使うトレイに乗せようとした。

「ちょ！　ちょっとちょっと！　さすがに多すぎる！」

「え、ダメですか？」

「どこでこんなに獲ってきたんだ？　しかもこれはサンマじゃないか！　この辺りの海域じゃ獲れない魚だぞ！」

「そ、そうだったんですか」

サンマがレアとか、元の世界を思い出した。あっちは獲りすぎたせいで不漁になったけど、こっちでは単純に生息域が違うわけか。

サンマは元の世界でも使われている魚の名前だけど、【言語】スキルのおかげで私には翻訳して伝わっている。

そして私がサンマという言葉を使ってもきちんと相手に伝わっているから便利だ。サンマくらいなら何匹もいるし、自分で食べる分さえあればいい。

驚いたのはギルドの人だけじゃないようで、後ろでもヒソヒソが加速していた。

「なぁ、サンマってそんなに珍しいのか？」

「バカ、お前知らないのか？　サンマを狙って船喰いのグランシャークが寄ってくるから、生息海域自体が危ないんだよ」

「ゲッ……マジかよ！」

「他にも海の殺し屋サハギンの生息海域だったり、とにかくサンマは海の人気者なんだ。人が獲り合うには難しい魚だよ」

「じゃあ、あの子はなんでそんなの獲ってこれた？」

あの子たち、殺し屋だったの？　その割にはちょっとかわいい見た目していたし、意外と素直だったよ。私、それだけ強かったんだな。

でもグランシャークはさすがに無理だよ。だってサメだよ？　私が殴ったあのサメは違うでしょ。たぶん。

「応援頼む！」

「どうした？」

大量の魚の査定にだいぶ時間がかかっているみたいで、他の査定員を呼んでいた。いくつものトレイごとに魚が分けられて、査定員たちが右往左往している。なんか申し訳ないな。後ろからの視線も痛い。

それから待つこと10分、ようやく査定が終わったみたいだ。

「合計２４４匹……査定額……80万……」

さっきのボルトウナギ以上の査定額が出てしまった。

金額が告げられたと同時に後ろの列から歓声が上がる。どうやらサンマ以外にもレアな魚がいたみたいで、予想以上のお金を手に入れてしまうみたいだ。

査定員からお金が入った袋を手渡されて、ずっしりとした重みを感じる。どうやら紙幣というものはないらしく、すべて硬貨だ。じゃらじゃらと音を立てていると、列が崩れて私に群がってきた。

「き、君！　その魚をどこで獲った⁉」

「穴場があるんだろう！」

「俺たちとパーティを組もう！」

大勢の人たちが圧と熱気を放って押し寄せてくる。

まさかこんなことになるとは思わず、あれもこれも答えられるわけがない。これはだいぶ面倒な展開だよ。人と関わりたくないわけじゃないけど、ここで私の自由のペースを乱されるのは困る。

特に私は冒険者になるつもりはない。どう切り抜けるか？　こうする。

「そんなに危険な海域だったんですか!?　運がよかったんだなぁ」

「えぇ？　まさかグランシャークやサハギンに襲われなかったのか？」

「知ってたらそんなところ通りませんよ！　あー怖い！」

「だ、だよな。特にサハギンなんて、山ほど船を襲ってるからなぁ」

どうさ！　私の演技力も捨てたものじゃない！

皆、ざわついて信じかけているよ。この隙に私はお金を持って漁業ギルドを出た。

いや、しかしそんな危険な海域だったとは。船旅をするなら、そういう情報も少しずつ仕入れないとね。これから漁で稼ぐなら、もっと無難な魚にしておこう。

別に目立ちたくないわけじゃないけど、今は静かにさせてほしい。冒険者になる選択肢もあるにはあるけど、もっと調べてからにしよう。

◆◇◆◇◆

思わぬ大金が手に入ってしまったから、ついでにこの世界の相場について把握しよう。

日用品や食料、料理、土地や家の値打ちを知っておきたい。私には万能船があるから実際に必要なものとなると限られてくる。

この世界を楽しむためにはできるだけ知識を仕入れておきたい。それにこれから先、誰かと関わった時に基本的なことすら知らないようじゃ怪しまれる可能性がある。

漁業ギルドを出て、町の市場に向かう。路上に絨毯を敷いて商売をしている人が目立った。雑多な市場で、装飾品らしきものから使用用途が不明な道具まで幅広く売られていた。どれも値段が書かれていないから、聞く覚悟が必要みたい。

魔道具と書かれているから、きっとなんらかの効果がある道具なんだろうな。どれ、鑑定。

名前：金運のネックレス
効果：身に着けると金運がごくわずかに上がる。

ごくわずか、ね。個人の感想ですって続きそうな説明文だ。

でも鑑定でそう示されているからにはわずかだろうと効果があるんだと思う。もう1つは――

名前：剛力の腕輪
効果：身に着けると力が上がる。

なるほど、なるほど。怪しい雰囲気の店だと思ってたけど、それなりに効果があるものが売ってるんだね。考えてみたら商業ギルドのおかげで詐欺《さぎ》まがいの商売なんて簡単にできないか。

食べ物は豚の魔物を丸ごと吊るしたものが販売されていて、値段は1匹あたり20万ゼル程度。いくつも連なったソーセージは1つあたり2000ゼルと、食料1つとってもピンからキリだ。厚いステーキ肉みたいなものが雑多に積み上げられていて、1つあたり1300ゼル。見たところ、1人分の量かな。

隣に置かれている適度な厚さのスライス状の肉は1枚200ゼルと、ずいぶん落差がある。

日本と違ってスーパーというものがないから、一般の人たちはここで買い物をするみたいだ。話を聞くと家畜の肉やミルク、野菜や果物はすべて農業ギルドから仕入れているらしい。

野生の肉なんかは狩猟ギルドか冒険者ギルドで、吊るされている豚の魔物の肉なんかは冒険者が狩ってきたものだ。冒険者ギルドではああいう魔物討伐の依頼を引き受けているわけだね。

1匹あたり20万ゼルということは冒険者の手元に残る報酬は当たり前だけどそれ以下だ。いいところ半分として10万ゼル、あの通常サイズの肉1つで200ゼル。1食分とすると1カ月の食費で1万8000ゼル。多めに見積もっても3万ゼル以内として、残り7万ゼル。もちろん毎日肉ばかり食べるわけにはいかないから、あくまで暫定だけどね。

いや、パーティ戦を想定すれば1人あたりの分け前が更に減るのを忘れていた。そう考えると冒険者として生きるのはどうなのかな。贅沢をしなければ生活できるか。

と、目の前を横切った冒険者たちを見てふと思った。でも楽しそうに笑い合って歩く姿を見ていると、こっちも楽しい気分になる。人生、お金のことなんか二の次だ。あの人たちだけじゃなく、この市場は活気で溢れていた。

露店で1つ果物を試しに食べさせてもらった。めちゃくちゃ酸《す》っぱい顔をしたら、おばさんにケラケラと笑われる。騙《だま》されたというより、これはそういう果物らしい。私に3つくらい持たせてくれたから、きっとそうだ。

いや、売れなくて在庫処分しているという可能性もあるか。

果物ではちょっと酸っぱい目にあったけど、他の食べ物はどうだろう？

おいしそうな匂いに誘われてパン屋に行ってみた。焼きたての塩パン1つで40ゼル、安い。かじってみるとこれがなかなかおいしい。

塩味がパン全体に広がっていて、ふわりとした食感がいい。よく見ると工房の奥に見たことがない窯《かま》があった。宝石みたいなものがたくさん埋め込まれていて、焼いている最中は赤く光っている。

丸い窯の両側には耳みたいに煙突《えんとつ》がついていて、煙がぷしゅーと漏れていた。これも【鑑定】でわかるはず、と思ったら店員のおじさんが近づいてくる。

「あれは火魔石による魔道窯だよ。先代から使っているからだいぶ旧式だけどね」

「火魔石？」

「魔力が籠《こも》った魔石の力を利用しているんだよ。ずいぶん珍しがるけど、田舎から出てきたのかい？」

「そ、そんなところですね」

魔石か。元の世界では考えられない物質だ。もしかしたらあの万能船にも組み込まれているのかな？

塩パンが気に入ったから他のパンも買っておいた。塩パン5つ、チーズ焼きパン3つ、チーズソーセージパン3つ、オニオンチーズパン4つ。うーん、チーズが被ったな。マヨネーズパンが好きなんだけど、さすがにないみたいだ。マヨネーズなら食料庫にあるし、今度作ってみようかな。

船上でパン焼きというのも案外乙《おつ》なものだよ。きっと。

チーズ焼きパンをかじりながらまた市場を歩く。食べ歩きが最高だね。こうやってダラダラと目的もなくフラフラする時間が好き。

あそこにあるのは串焼きの店かな？　肉の香ばしい香りに我慢できず、バーストボア串というものを購入した。

豚肉を少し硬くして肉汁が滴るこの感じは実に食べ応《ごた》えがある。

下味もしっかりついてるし、これは当たりだ。もう1つの鳥串は少し臭みが強い。ちょっと残念。

歩いているうちに日が沈んできた。でも市場の喧騒は収まらず、むしろ夜からが本番と言わんばかりの賑《にぎ》わいだ。今日は港町のどこかに宿に泊まろうと思ったけど、違う様相ならまた歩いてみてもいいかな。

本格的に日が沈むと、雰囲気が一変。怪しげな男が怪しい店への客引きをやっていて、通行人と押し問答をしている。

酔っ払いがゲラゲラと笑いながらふらついて、片や路上に座り込んで酒盛りをしている人たちもいた。

気がつけば何時間も歩いていたな。もう少し夜の雰囲気を楽しみたい。

酔っ払い同士のケンカなんて初めて見たな。ふらついているせいで全然力が入ってないし、重心や体勢もムチャクチャだ。それでも互いに殴り合っているうちにヒートアップして、片方がビンを片手に持つ。

あのまま殴ったら死んじゃうよ？　私は手頃な石を拾ってから、酔っ払いに投げた。石が酔っ払いの片手に命中してうずくまり、訳のわからない怒鳴り声を上げている。

そうこうしているうちに衛兵がやってきて引きずられていった。見つかるとまずいから、とっとと立ち去ろう。

今日は適当な宿にでも泊まるつもりだ。今夜はゆっくり眠りながら、明日の方針について考えようかな。

お金はたっぷりあるし、引き続き観光にするか。と、その前に夕食を忘れていた。

夕食に立ち寄った店は居酒屋みたいなところだった。どちらかというとお酒を飲む人たちで溢れていて、ややうるさいけど味さえよければ良し。

私が入ると店員が大声で迎えてくれた。テーブル席についてメニューを見る。ざっと見た限りではここは港町らしく海鮮系の料理がメインみたいだ。なかなか豊富で迷ったけど、ここはシーフードグラタンを注文した。元の世界でも食べられたこの料理、果たして味はどうかな？

料理が来る間、私は店内を見渡した。よく見ると女性客はあまりいないな。どちらかというと冒険者や漁師らしき人たちが目立つ。

山盛りになった焼き魚をチキンみたいに頬張って食べている人や、お酒を水みたいに飲む人。どれもザ・屈強な男って感じだ。

「こうも不漁が続いちゃ、メシが食えなくなっちまうよ」

「まったくだ。ホワイトマグロ1匹でも釣れりゃ生活が大助かりなんだがな」

近くの席に座っていた漁師たちが愚痴《ぐち》をこぼしていた。

ホワイトマグロ、元の世界にはいない魚だ。

漁師たちの口から出るからにはきっと食べられるものなんだろうな。どんな味をしているんだろう？

1匹で生活が大助かりということは、価値が高いものに違いない。

ホワイトマグロか。イメージ的においしそうな名前じゃないな。

いや、それを言ったらマグロ自体がそうだ。だってグロだよ、グロ。ぐろい魚なのって思っちゃう。

一度考え始めるとかなり気になってくる。私は漁師たちの会話に聞き耳を立てていた。

「何がムカつくかっていうとよ。釣れそうになった時に限って魔物が来るのよ」

「それだよ！　あいつら、まるで見計らってるかのように来るんだからな！」

「この前なんか雇っていた冒険者が負傷しちまってな。高い金払ったってのによ……」

「あいつらもなっさけねぇよなぁ！　せめて報酬分くらいは働けってんだ！」

憂《う》さ晴らしのごとく漁師たちは酒をあおっている。

冒険者まで雇って釣果なしじゃ、確かに赤字まっしぐらだ。魔物がいる海で漁師をやるなんて、まさに命がけだよ。

この居酒屋のメニューにある鮮魚料理に使われている素材は、まさに漁師たちの血と汗と涙の結晶だ。

そう感じたほうがより料理がおいしく感じられる。ありがとう、漁師のおじさんたち。

「ホワイトマグロはなぁ、あれはうまいよなぁ。部位によって味と食感が全然違うもんな」

「俺はヒレに近い部分が好みだ。程よくとろっとして、うまいのなんの……。ステーキにちょうどいい」

「それだったら、なんといっても腹だろ。とろっとどころか、とろぉぉっとしてるぜ」

「焼いた時に焦げ目と一緒に食べるのがいいんだよな。あの過剰な油がまたくせになる」

ちょっとあなたたち、私の前で何を話してるのさ。

こっちはシーフードグラタンが来る前だっていうのに、すでにホワイトマグロに心を奪われつつある。やだ、涎が出てきそう。

ホワイトマグロが気になる。なに、とろぉぉっとしてるって。

マグロの上位互換みたいなものかな？

でも、こっちの世界で魚を生で食べる習慣ってあるのかな？

ステーキとか言っていたし、焼いて食べるのが主流な気がする。

「出汁《だし》をとった汁で茹《ゆ》でるのもうまいよな」

「ホワイトマグロの角煮は死んだ親父が好物だった！　犬に食わせたら翌年に海に落ちるってのが口癖だった！」

「そんなもったいねぇことしたら、確かに海の神様に怒られるかもな」

「口の中でほろっとほどけるのがたまんねぇんだよな！　漁から帰ってきた親父がいつもオレに食わせてくれた！」

お2人さん、ここにホワイトマグロに心を奪われている女の子がいることをご存じかな？

体が震えてきた。自分がこんなにも食に執着があるとは思わなかったよ。

昼に買ったパンも全部食べちゃったし、お腹くらい空く。

せめてシーフードグラタンがくれば——

「お待たせしましたぁ！　シーフードグラタンだよ！」

「つしゃあああぁーーーーー！」

「ひっ⁉」

「あ、すみません……」

思わず叫んでしまった。やだ、視線が痛い。慌てるんじゃない。ただシーフードグラタンが来ただけだ。漁師たちもなんだこいつみたいな目で見てくる。

気にせず私はシーフードグラタンにスプーンを入れた。グラタンはスプーン派だ。フォークだとホワイトソースを取りこぼしてもったいない。まずはホワイトソースのみ食べてみる。

（あっちゅ〜〜〜い……）

熱々で口の中が火傷しそうだ。だけどこれがいい。熱い中にもホワイトソースとわずかに染みた海鮮系の味を感じられた。

具材は貝か何かかな？　スプーンでほじくってみると、確かに貝の身が出てきた。ホワイトソースに絡めて食べると、身からも汁が出てきて二重の旨味がある。

グラタンは容器の淵にこびりついた焦げ目を削って食べるのがおいしい。

他の具材はエビだった。それも1匹や2匹じゃなくて何匹も入っている。

2、3匹しか入ってないケチなシーフードグラタンとは格が違った。

噛むとぷりっとした正直な食感のエビだ。やっぱり格が違う。

最後は器《うつわ》のホワイトソースを丹念にすくって最後の一口まで味わう。

なんの容器でどういう調理をしているのかわからないけど、最後まで熱々でおいしかった。

食べた、食べた。余は満足じゃ。と、いきたいところなんだけど未だ私の心を揺らしている存在がある。

それがなまじシーフードグラタンを食べたものだから、より惹かれていた。普通の食材でここまでおいしいと思えるなら、ホワイトマグロはどれだけなんだろう？

ホワイトマグロ、ホワイトマグロ、ホワイトマグロ。気がつけば私は立ち上がって漁師たちのテーブル席に行っていた。酒をちびちびと飲んでいた漁師の1人が私に気づいてぎょっとする。

「な、なんだ？　何か用か？」

「あのぉ、ホワイトマグロって魚について詳しく教えてほしいんですけどぉ」

「いきなりなんだってんだ……」

「ホワイトマグロって魚は海にいるんですよねぇ？」

「そりゃ魚だから当たり前だろ……」

「なんだよ、お嬢ちゃん。酔ってるのか？」

うっとりとした私に漁師たちが驚愕《きょうがく》している。確かに私はホワイトマグロに酔っているかもしれない。

「私も漁に連れていってください」

私はホワイトマグロに、じゃなくて。漁師たちに深々と頭を下げた。

◆◇◆◇◆

「おい、漁師の旦那方よ。雇っている冒険者はオレだけじゃないのかよ」

「いや、あれはただの同行者だ。気にするな」

翌日、私は漁師の1人であるラギさんの船に乗せてもらうことになった。

漁師の朝が早いのはこっちの世界でも同じだ。夜中のうちに慌ただしく船を出して、海に出る。

ラギさんの船は私がよく知る帆船に見えて、実は風の魔石の力で動いているらしい。つまりあの帆は風を受けて船を動かすんじゃなくて、エネルギーを取り込むためのものだ。

取り込んだエネルギーを風の魔石に蓄積させて、船を動かす力へと変える。それだけで沖のほうまでぐいぐいと進んでいける船と聞いて感心した。

だけどこの船はだいぶ旧式だと聞いて驚く。私が聞く限りガソリンを必要としない分、だいぶ先進技術のように思える。いわゆる風力発電は風力を利用して電気に変換するけど、似たようなものかな？

ふんふんと感心して船を見て回っている私を訝《いぶか》しむのがラギさんに雇われた冒険者だ。名前はディオル、2級冒険者らしい。

冒険者については不勉強だけど、ラギさんが言うには2級はディオルさん含めてこの港町に

３人しかない。

２級ともなれば商業ギルドから直々《じきじき》に依頼されることがある。

不足分の食材や資材の調達だけじゃなく護衛も引き受けるということで白羽の矢が立った。

海の上で戦い馴れている冒険者は少ない。商業ギルドとしても不足しているホワイトマグロの漁となれば、喜んでディオルさんに依頼するわけだ。そうなると護衛の報酬はお高いんじゃないの、と思うけど聞けなかった。

そんなディオルさんは私より３つくらい年上の青年剣士だ。

風に赤髪をなびかせて、私を呆《あき》れたように見ていた。

「セアとか言ったな。漁の見学ということだけど、船長やオレの指示には必ず従ってもらう」

「わかりました。ホワイトマグロのためならなんでもします」

「食い意地だけで危険な漁についてくるなんて変わった奴だな……」

「よく言われますねぇ」

学校でも友達と呼べる子はいなかったし、たぶん避けられていたんだろうな。いつからだったかな？　空手の全国大会出場経験がある部長を一発で倒しちゃった時からだったかな？

両親のせいで入部できなかったけど、本当はやってみたかった。

「ラギさん、ホワイトマグロが釣れたらもちろん恩恵はあるよな？」

「あぁ、わかっている。たまにはいい釣果を上げて気持ちよく飲みたいもんだな。つまみはソルジャーイカの網焼きだ」

「いいねぇ。それならコワール地方産の邪神で決まりだな」

ぎょっとする単語だけど、たぶんお酒のことだ。元の世界にも魔王なんて名前のお酒があった気がする。

ラギさんとディオルさんはお酒のことでだいぶ盛り上がっていた。この2人、以前からの飲み仲間みたい。お酒の良さはわからないけど、気を許せる人間がいるというのは気持ちいいものかな？

「そういえば、ラギさんよ。久しぶりにサンマが獲れたんだってな。この前、漁業ギルドで大騒ぎしていたよ」

「あぁ、なんだか大量の魚を納品した奴がいたらしいな。運よく釣れたみたいで、羨《うらや》ましい限りだ」

「運ねぇ。果たして本当にそうかな？　あの海域で海の殺し屋に狙われないなんて考えられないけどな」

「なんでも女の子らしいぞ。冒険者でもなさそうだと聞いたからな。とても強そうに見えなかったってんだから運が良かったんだろう」

どこかで聞いたことがあるエピソードが展開されていた。

まさか80万ゼル以上の報酬をもらった女の子の話じゃないよね？

ディオルさんが語るには海の殺し屋サハギンは単独でも小さい船なら沈めるほど厄介な魔物らしい。海に出るにはサハギンに船底に穴をあけられないような船であることが最低条件だとか。

船が頑丈だと知ればサハギンは甲板にいる人間を狙う。揺れる船の上でサハギンと戦える冒険者はあまりいないみたいで、そのせいで未だ海には多くの宝が眠っていると言われている。

「ディオル、お前ならサハギンなんて余裕だろ？」

「買い被らないでくれよ。オレはあいつらを舐めたことなんて一度もない。それにやばいのはサハギンだけじゃないからな。例えば船喰いグランシャークなんかは船底を齧る」

「この旧式の船なら一発だなぁ……」

ラギさんが何かの装置をいじりながら、ディオルさんと会話している。

巨大なルアーに魚が取り付けられていて、鎖ごと海に沈んでいく。要するに大きい釣り竿だ。

魔石だの魔法がある世界だけど、こういうところはちょっと原始的だ。それとも、この船が旧式だからというのもあるのかもしれない。ルアーに繋《つな》がっていた鎖が少しだけ揺れていた。

私が物珍しそうに見ていると、ラギさんが何か察したみたいだ。

「こいつが気になるか？　ホワイトマグロみたいな巨大魚専用の魔道具だ。もう30年以上も前の骨董品《こっとう》だが、未だ現役だぜ」

「魔道具……パン屋さんでも使ってたっけ」

「金さえあれば新しいもんに取り換えてもいいが、まだこいつは頑張ってくれているからな」

「確かに壊れてもいないからねぇ。ものを大切にしてるんですね」

「ハッハッハッ！　いい仕事は道具への感謝から、だ！　とはいえ、最新式に浮気したくもなるがな！　ハァッハッハッハッ！」

ラギさんが豪快に笑う。とっても海の男って感じだ。

夜明けの海の音を聞きながら、私は体育座りでラギさんの仕事ぶりを見ていた。巨大ルアーの次は銛《もり》を用意している。あれでホワイトマグロを刺して動きを封じるんだろうな。大きい魚なら釣っただけじゃ普通に暴れるだろうからね。

ディオルさんは剣の手入れをして戦いに備えている。2人とも忙しそうなのに私は何をしているんだろう？

一応、お金は払ってるけどディオルさんがいなかったら見学なんて許されなかっただろうな。あのディオルさんがそれだけ強いということか。確かによく見たら、なんかこう隙がない。

私は戦いに関しては素人だけど、なんとなくそれはわかる。

「……ラギさん、仕事させてもらうぜ」

「来たか」

ディオルさんが立ち上がって剣を構えた。次の瞬間、海から魚が弾丸みたいに飛び出してくる。ヒレが刃になっていて、ディオルさんはその魚を一刀両断。次に飛び出してきた魚も同じ末路を辿《たど》った。

「スピアフィッシュか。安い仕事だな」

「ひゅー……いつ見ても惚れ惚れするぜ。やっぱり護衛を頼むならお前しかいないな」

すごいな。あの速さを捉えるディオルさんの動体視力と剣術。何より事前にあれが襲ってくることを察知していたな。長年の勘というやつかな？

これが港町有数の2級冒険者か。涼しい顔をして次の襲撃を待ち望んでいるかのように見える。なるほどね。私もこの世界で生きるなら、もっと強さに貪欲《どんよく》になったほうがいいかもしれない。

巨大ルアーに繋がった鎖がガシャリと揺れた。揺れが激しくなると共に、装置自体もきしみ始める。ラギさんが大慌てで装置のレバーを引いて、鎖がピンと張った。

「さっそく来たぞ！　お嬢ちゃん、見てろよ！　これが海の男の漁だッ！」

すごく気合いが入った叫びと共に鎖が海から引き揚げられた。

海面が盛り上がり、白一色の巨大魚が引っかかった巨大ルアーが吊るされる。目がほんのり青くて、大きさはたぶん5メートルくらい。その巨大魚が空中で体を左右に揺らして暴れていた。

揺れた際の風圧だけでかなり力のある魚だとわかる。ラギさんは予《あらかじ》め用意していた銛をホワイトマグロの腹に突き刺す。血が滴って海に落ちて、ホワイトマグロはまだ暴れている。もう海から引き上げられて刺されているというのにものすごい生命力だ。追撃をくらわせるのかなと思ったけど、ラギさんはそのまま静かに待った。

「よし、いいだろう。甲板に上げる」

息絶えたホワイトマグロがルアーと共に甲板に運ばれた。これどうやって持ち帰るんだろうと思っていたら、ラギさんが船に備え付けられていたボックスの蓋を開く。

巨大ルアーでホワイトマグロをボックスまで移動させて、ラギさんが外す。気にしてなかったけど、あれはアイテムボックスかな？　私が持っているアイテムポーチよりもかなり大きい。

ラギさんは一つの仕事を終えて、甲板にある椅子に座った。

「まさかこんなに早く釣れるとはなぁ。こりゃ幸先がいいぜ」

「ハハハハッ！　まるで幸運の女神でもついたかのようだな！」

「あのお嬢ちゃんのことか？」

「今までずっと不漁だったんだろ？　今日はとことん釣って帰ろうぜ」

私のおかげで釣れるなら、ホワイトマグロの１匹でも献上すべきだ。

神様をないがしろにしたら罰が当たるんだけど、この世界ではそういうのないのかな？

さっきのホワイトマグロ、鮮やかだったたな。純粋な白じゃなくて、所々に銀の筋が入っていてどこか神々《こうごう》しく見えた。それに通常のマグロより遥かに大きい。

元の世界だと大きすぎるマグロはあまりおいしくないなんて聞くけど、あれに関してはどうかな？　私としては大きければそれだけ部位あたりの質量が増えるからありがたいんだけどね。

居ても立ってもいられなくなり、私は甲板から身を乗り出した。目視で確認できるほど甘くないだろうけど、こうなったら潜ってでも――

「おい、勝手に海に近寄るな――」

ディオルさんが忠告した直後、海面からまたスピアフィッシュが飛び出してきた。咄嗟《とっさ》にしゃがんでかわしたあと、ディオルさんが切り裂く。

「あっぶねぇな。おい、怪我はないか……ないな」

「すみません。気をつけます」

「お前、すごいな。スピアフィッシュの速度は達人の剣速並みなんだが……」

「ア、アハハ……偶然ってすごいよね」

思ったよりそこまで速くなかったような？　あれだったら手で掴めると思う。ただ問題はスピアフィッシュがおいしいのかどうかだ。

そう思っていたらディオルさんが斬ったスピアフィッシュの半身を摘まんだ。

「こいつは昔から多くの船乗りを殺してきた。クソ速いから対処できる冒険者も限られている上に食べてもおいしくない。はた迷惑なやつだよ」

「けしからんですね！」

「……そういえばお前、名前は？」

「セアです」

「セアか。敬語はいい。お前、実は戦いの経験がないか？」

ディオルさんがどこか挑戦的な眼差《まなざ》しを向けてきた。そんなやばい魚の奇襲を私が回避したんだから、気になるか。

ただ冒険者になる予定は今のところない。冒険者になるということは冒険者ギルドに所属するということ。お金を稼ぐだけなら魚を獲ってくればいいし、組織に管理されながら動くというのがどうにも嫌だ。せっかく異世界に来たんだから、自由を満喫したい。

ディオルさんの問いに私は首を振って答えた。厳密にはウソだけど、経験があると言えるほど結果を出していない。

「そうか。変なことを聞いて悪かった」

「それより次のホワイトマグロがかかったみたいだよ！」

ラギさんが巨大ルアーと格闘していた。今度はなかなか釣り上げられないほどの大きさらしい。ディオルさんが駆けつけてレバーを一緒に倒そうとするけど、なかなか下がらない。

「こ、こいつ……相当の大物だぞ！」

「ディオル！　気合い入れてくれぇッ！」

男2人でもなかなか釣り上げられないってすごいな。2人が頑張ってるのに私が黙ってるのも居心地が悪い。

そっと近づいて私はレバーの先端を握った。

「そぉぉーーーいっ！」

レバーがするっと下がり、巨大ルアーが海面から勢いよく飛び出す。反動が来たのか、巨大ルアーがホワイトマグロと共にぐわんぐわんと揺れた。海水をまき散らしているそのホワイトマグロの大きさはさっきの倍以上だ。

「でっけぇーーー！」

「ラギさん！　こりゃ突いたくらいじゃ黙らなさそうだ！　オレがやる！」

「頼む！」

ディオルさんが巨大ホワイトマグロに突きを繰り出す。突風と共に巨大ホワイトマグロの腹に突き刺さり、ようやく大人しくなった。今の何？　真空的な？

ラギさんが息を吐いたあと、巨大ルアーを降ろした。これアイテムボックスに入るのってくらい大きい。

「ウインドトラストはちょっとやりすぎたかな？」

「いや、ありがてぇ。だがこいつはこのまま陸に運ぶしかないな。さすがにボックスに入らん」

「そうだな……。いや、でかすぎだろ。漁師20年目にして、とんでもねぇのが釣れちまったな」

「オレも冒険者生活はそれなりに長いが、こんなもん初めてみた。そういえばさっき、セアが手伝ってくれなかったか？」

2人が私をジロリと見る。違うって、ほら。硬いビンの蓋を開けようとしてもなかなか開かない時があるでしょ？

それが他の人にやってもらったらスッと開くじゃん。それと同じだよ。力の入れ方とか、あと一歩のところにひと押しが加わったとか、そんなところだよ。

「2人とも力が強いね！　私も手伝おうと思ったんだけど、手を載せた瞬間レバーが下がっちゃった！」

「そうか……？　そおぉーーいとか聞こえたんだが……」

「ディオルさん、護衛中だよ。警戒心を緩めないでね」

「そ、そうだな」

うん、さすがに無理があるよ。冷静に考えたら別にごまかす必要はないと思うんだけど、あまり注目されるのは恥ずかしいからね。

そう思いつつ、巨大ホワイトマグロに手をぴとりと当てた。このたっぷり詰まった身がほぼ食材になるのか。やば、涎が出てきた。

◆◇◆◇◆

早朝が過ぎて朝がやってくる。

釣れたホワイトマグロは5匹、言うまでもなく素晴らしい釣果《ちょうか》だ。これだけ釣れたのは19年ぶりらしい。ラギさんがまだお父さんと一緒に漁に出ていた時以来だとか。2級冒険者のディオルさんといえど、さすがに1人での長時間の護衛は疲れたみたいだ。

港町へ向かっている時に甲板の上に座り込んで疲労感を漂わせている。あれからスピアフィッシュが山ほど襲ってきたからね。私も手伝おうと思ったけど、余計な手出しをすれば邪魔になる可能性があった。その様子を見て、船上での護衛がいかにハードルが高いかよくわかる。

ディオルさんによれば船上での護衛は距離や海域によるけど、最低でも6人は必要らしい。

今回の漁も本当は2人以上が必要だったけど、ディオルさんが格安で引き受けてくれた。ずいぶんと親切な人だなと思う。ディオルさん曰《いわ》く、2級冒険者だからこそ報酬にこだわらずに困っている人を助けるべきだという。

それに2級ともなれば、1つ大きい仕事をこなせばしばらく金には困らない。野心を持たず、程々のところで人生を決め打ちするというのが信条らしい。程々とは言うけど2級冒険者は誰もがなろうと思ってなれるもんじゃないとラギさんは言う。

冒険者ギルドに受験資格をもらったあと、合格率が1割をきる昇級試験に合格しなきゃいけないらしい。合格して2級になったあとも、資格なしと判断されたら容赦なく剥奪《はくだつ》される。

うん、私に冒険者は絶対に向かないな。なんでこっちの世界に来てまで受験戦争みたいなことをしなきゃいけないのか。

私は自由を満喫するんだ。両親や妹みたいに他人の成績、地位や資産と比べて競争する必要なんかない。競わなければ悩みなんて大半がなくなる。

もちろん競争がなくなれば物や技術は生まれないから、それを否定するわけじゃないけどね。ただ私はリタイアさせてもらうというだけだ。

「はぁ……俺ぁ明日あたり死ぬかもな」

「おいおい、ラギさん。オレに護衛させておいてそりゃ許せねぇぞ」

「だってお前、こんなの明日のメシどころか年単位で楽させてもらえるぞ。神様からお叱りを受けても不思議じゃねぇ」

「おっさん、いつからそんなに信心深くなったんだよ。神なんかいるわけないだろ」

「セアちゃんを幸運の女神呼ばわりしたお前に言われたくねぇな」

猫神様と虎神様がそんなことで叱るかな？　実際に神様に会ったことがある私からしたら、いらない心配してるなとしか思えない。

せっかく気持ちよく仕事を終えたんだから、ここは栄養補給すべきだ。私はアイテムポーチからオニギリを取り出した。

「2人とも、オニギリをどうぞ」

「な、なんだこりゃ？」

「あれ、知らない？　片手で食べられる東洋の神秘だよ」

「と－よ－？　訳わからんが腹へったからな、いただいておくぜ」

ラギさんがオニギリにかぶりつく。もちゃもちゃと食べたあと、パッと表情が明るくなった。

「こりゃうめぇ！　米と塩だけでこんなにもうまくなるのか！　この黒いのはわからんが、中に鮭が入っているな！」

「そこまでわかるとは、さすが。黒いのはノリといって、海藻を加工したものだよ」

「海藻を加工⁉　よくわからねぇが、海の風味で米が包まれているみてぇだな！　それに中身のサケ！　いい味付けだ！」

「アハハ……確かにそれっぽいかも」

ラギさんがあっという間に食べてしまった。

ディオルさんは感心して頷《うなず》きながら、一口ずつ味わって食べている。すごい真剣な眼差しだな。

「これ、すごいな。クッソ単純だが、クッソ手軽でおいしい。セア、これはどこ発祥の食べ物だ？」

「え？　私のオリジナルかな……」

「これは冒険者たちにも人気が出るぞ。お前、これで商売してみる気はないか？」

「いやいやいや、それはないないない。お金儲《もう》けとかは考えてないよ」

「お前は不思議な奴だな。こんな漁に金まで払って同行したと思えば、スピアフィッシュの奇襲を回避する。あのクソ重いレバーを簡単に倒す。そしてこのオニギリだ」

ディオルさんがあっという間に2個も食べてしまった。手についた米粒を舐めとって、また私をジロリと見る。そんな目で見ないで。私はただのオニギリ女です。

ごまかすかのように私もオニギリを食べることにした。私の場合はあとからノリを巻いて食べるに限る。湿った米にパリッとしたノリの食感のギャップが生まれて、これがたまらない。コンビニのオニギリが異様においしいと感じるギャップマジックだ。

ラギさんとディオルさんにはオニギリ初心者用として通常のものを渡したけど、私はこっちのほうが好きだった。

「セア、それ……うまいのか？　パリって音が食欲を刺激してくるんだが……」

「うん。でも、オニギリはこれで最後かな」

「マジかよ……」

私のオニギリにはサケだけじゃなくてウメボシも入ってるからね。異世界の人にウメボシなんて食べさせたらどうなるか、想像もつかない。だからあえて分けたんだけど、ラギさんとディオルさんが物欲しそうに見てくる。

かわいそうだけど私だってお腹が空いてるからね。何もしてないけど空いてるからね。と、その時だった。

海から次々と飛び出して甲板に着地したのはサハギンたちだ。ディオルさんが一瞬で剣を抜いて私の前に立つ。

「ディ、ディオル！　サハギンが来やがったぞ！」

「ラギさんは、セアと一緒にまとまっていてくれ。３匹ならなんとかなる」

私を襲った時は５匹だったから、余裕じゃないかな？

だけどディオルさんはスピアフィッシュを迎撃してた時以上に真剣な表情だ。

サハギンたちが少しずつディオルさんとの距離を詰めていく。そうしているうちに今度は私の後ろからもサハギンが数匹ほど飛び乗ってきた。

ディオルさんの正面とは正反対、つまり挟《はさ》み撃ちの形になる。ディオルさんが表情を強張《こわば》らせた。

「おいおい、こんな漁船を襲うのにずいぶんと雁首《がんくび》を揃えたな。海の殺し屋家業も楽じゃないのかね」

「ギギィーーーー！」

「おう、来いよ」

「ギギ……ギ？」

サハギンたちが動きを止めた。なんだか私と目が合っている？

「ギーーギーーー！」

「ギッ！　ギギーーー！」

「ギイィィーーーー！」

サハギンたちが一斉に海に飛び込んで逃げていく。遥か沖のほうまで泳ぐ様《さま》は実に鮮やかだ。来た時も俊敏だったけど、いなくなるのも一瞬だ。あのサハギンたち、私を襲った個体と同じだったのかな。そんな偶然ある？

でもあの時にはいなかった大きい個体もいたし、どういうことかさっぱりわからない。私ですらこれなんだから、迎え撃つ気満々だったディオルさんなんか未だに構えを解けないでいた。

「……何がどうなってる？」

「あのサハギンが狩りをやめて逃げるなんて聞いたことねぇぞ」

「ラギさん、この船に何か特別なものでも積んでるか？」

「そんな金の余裕あるかよ」

ディオルさんがようやく構えを解いて剣を収める。

ラギさんと２人で騒いでいるけど、私は素知らぬふりをして最後のオニギリを食べた。すじこオニギリも絶品だ。今度、イクラ丼でも作ってみようかな？

◆◇◆◇◆

船が港に着いてからは大騒ぎだった。どの漁師たちも苦戦したホワイトマグロを５匹も釣ってきたんだから、ラギさんは鼻が高い。

港町にいた漁師たちや商業ギルドの人、衛兵、冒険者までもが取り囲んだ。

特に巨大ホワイトマグロは私が見ても圧巻の一言。

あまりの大きさに自分の武器で長さを図る冒険者や手でペタペタと触る人が続出した。

魚拓を取らせてくれと殺到するわで、なかなか次の作業が進まない。まぁその作業をするはずのラギさんが武勇伝のごとく語ってるんだけどね。

ディオルさんはあえて何も言わずにうんうんと頷くだけだ。すごい漁だった、本当のことだとは言ってない。みたいな。

「……その時！　スピアフィッシュがオレの鼻先をかすった！　一歩でも踏み出していたら頭部をもっていかれたと、オレは生きた心地がしなかった！」

「おい、おっさん。それじゃオレがまともに護衛できてないみたいな言い方じゃないか」

「す、すまん！」

ラギさんはすぐに自分の失言を謝罪する。調子に乗るとこうなるという好例だね。周囲が笑いの渦に包まれているからご愛敬か。

ライバルの漁師たちは悔しそうにしながらも、ラギさんを称《たた》えていた。いつかはオレもと意気込む若手の漁師や年下のラギさんの頭をぐしゃぐしゃに撫でる年配の方など。

「ラギィ！　この前までオヤジのあとをついていった小魚が成長したじゃねえか！」

「食われずに食らいついた小魚なら、いつかはやるんですよ！」

「うまいこと言いやがってぇ！　ハハハハッ！」

70歳くらいのベテラン漁師っぽい人が機嫌よさそうだ。ああやって相手を称える度量を持っている人がこんなにもいるのが素晴らしい。足の引っ張り合いみたいな醜《みにく》いことがなさそうなイメージがある。

ふと視界の端に小さな女の子が映った。褐色肌で年齢は大体10歳前後かな？　しばらくこちらを見つめていたけど、私と目が合うといなくなった。漁師の娘か誰かかな？

それより商業ギルドの人たちがすごい催促してるよ。査定員がここまで出向いてくれるなんてよっぽどじゃないかな？

「あのー……そろそろ……」

「おっと、すまねぇ！　待たせちまったな！　査定を頼む……と言いたいところだが、1匹はそっちのセアにくれてやると約束したんだ！」

「え？　そちらの子に、ですか？」

「なんたって幸運の女神だからな！　ガッハッハッハッ！」

無料での譲渡なら商業ギルドを介する必要がない。この発言に周囲がどよめく。ラギさんが私を幸運の女神だなんて言ったものだから、一気に注目されてしまう。

「幸運の女神？」

「あ、いや。私はただの同行者なんで……」

2級冒険者のディオルさんならわかるけど、私みたいなのがいたら誰だってクエスチョンマークを浮かべる。笑ってごまかしたけど、一部の冒険者の目が光ってる気がした。

「あの子、前に商業ギルドにサンマを納品した子じゃないか？」

「あぁ、運よく危険な海域での釣りを成功させたとか……」

「幸運のスキルでも持ってるのか？　だとしたら、あやかりたいもんだな」

「そもそもあの歳で船を持ってるのがすごいだろ。オレなんか自分の船を手に入れたのが30歳を過ぎてからだってのによ」

この世界でスキルが認知されているのがちょっと意外だ。そういうものを確認する手段でもあるのかな？　その鍵があるとしたら冒険者ギルドかもしれない。覗《のぞ》くだけ覗いてみてもいいかな。もしかしたら私からお願いすることもあるかもしれないからね。

なぜかつい勘違いしがちだけど、冒険者ギルドは冒険者だけのものじゃない。お金があるなら、この世界の食材調達なんかを私から依頼したほうがいい。

なんて考えているうちに査定が終わったみたいだ。複数の査定員がヒソヒソと話して、ホワイトマグロとラギさんを見比べている。

「セア、いくらだと思う？」

「え、そんなのわかんないって。１００万くらい？」

「他はともかく、あのでかいのはそんなもんじゃ利かないと思うぜ」

ディオルさんがなぜかニヤけながら私を見た。なに、ちょっとやめてよね。まさか額次第で幸運の女神の値打ちが上がると言いたいのかな？

それを言い出したら護衛をやっているディオルさんの株のほうが上がるじゃん。いや、元々2級だしこれ以上は上がりようないか。あれぇ？　じゃあ私だけ1人上がり？

「は、発表します！　右からホワイトマグロ２００万ゼル！　３５０万ゼル！　２２０万ゼル！そして……１０００万ゼル！」

「はぁぁぁーーーー!?　ウッソだるぉーーーーーー!!」

「いっしぇんみゃんえん!?」

釣った人が一番驚いてるよ。だるぉじゃないんだって。あなた、年単位で生活に困らないとか言ってたでしょ。しかもふらついて立ってられなくなったみたいで、周りの人たちに支えられていた。

「ラ、ラギさん！　しっかりしろ！」

「1000万ゼル……1000千万、ゼル……死ぬわ、今夜中に死ぬわ……」

「ラギィーーーー！」

ラギさんが息を引き取った。じゃなくて気絶した。幸運の女神がついてるんだから大丈夫だって。

でも確かに1000万ゼルは驚く。私も例えば宝くじで1000万ゼルが当選しましたとか言われたら正気を保っていられる自信がない。

とはいえ、起きてもらわないと私がホワイトマグロをもらえない。事前に受け取っておけばよかったんだけどタイミングを逃しちゃったな。

気絶してる人を叩き起こしてまでもらうほどの豪胆さはないから、待つしかないか。

「あのラギが気絶しちゃったよ……」

「こうなってくると幸運の女神ってのが気になるな。あの子がそうなのか？」

「丸腰で冒険者でもなさそうだし、何者なんだ？」

確かに今の私の立ち位置って他の人からしたら謎だよ。丸腰だけど船は持ってる。冒険者や商人には見えない。旅人という設定で通してるけど、どう見ても風変わり者だよ。

それからラギさんが目を覚ますまで、作業が着々と進められた。私は私でラギさんをおんぶしてこの場を離れる。

事前にとっておいたホワイトマグロをもらうまで解放するつもりはないよ？

◆◇◆◇◆

気絶から復帰したラギさんから無事、ホワイトマグロをもらった。一番小さい個体だけど、これでも１００万以上の価値はあるらしい。

自分の船に戻ってさっそく解体の準備をした。ラギさんから教わったホワイトマグロの知識をおさらいしてみよう。

ホワイトマグロは普通のマグロと違って、鱗が恐ろしく硬い。特にこの銀色の筋に見える鱗が硬くて、普通の包丁だと刃こぼれしたり折れてしまうことがある。ホワイトマグロは小魚や海藻を中心に捕食している魚だから、弱くみられがちだ。

だけど泳ぐ速度はサハギンすら捉えるのも難しいくらい速くて、おまけに鱗も生半可《なまはんか》な魔物の牙は通さない。戦闘能力なんてないのに魔物ひしめく異世界の海で悠々と生きているんだから、その生命力の高さがよくわかる。

ラギさんがホワイトマグロに突き刺した銛はグラン鋼鉄という特殊な金属で作られているものだと教えてもらった。それでも刺すにもコツがあるから、鱗の間を狙わないといけない。

ピッチピッチ動いて暴れるホワイトマグロを刺すにも一定の技術と経験が必要だと知った。そんなすごい魚の解体なんて私ができるわけないとラギさんは思ったんだろうな。

解体は別料金だったから丁重にお断りした。私が断るとラギさんは慌てて値下げしてきた。私には解体スキルがあるからと言うと——

「か、解体スキル⁉　珍しいな！　冒険者でもなかなか持ってる奴はいねぇぞ！」

「セア、お前やっぱり冒険者になれ！　なぁ！」

ラギさんとディオルさんが迫真の勢いだった。あまりの勢いに驚いてホワイトマグロを担いで走って逃げてきたけど、やけに注目されてしまう。ディオルさん、かなり勧誘に熱が入ってたなぁ。

誰にも縛られたくないし、組織に所属するつもりもない。自分なりの人生プランを設計しているとやんわり伝えたけど、釈然としない感じだったな。

ディオルさんが勝手に喋った情報によれば、登録料に加えて資格試験があるみたい。資格試験だなんて前の世界でもお馴染《なじ》みの単語だ。

教養の確認を兼ねた筆記、体力、実技テストくらいだなんて言ってたけど普通にハードル高い。聞いているだけで前の世界を思い出す。私はそんなものとはおさらばすると決めたんだ。

港に停泊させてある船にホワイトマグロを担ぎ込んでから、さっそく解体することにした。

こんなものを1人で解体できるのかというほどの大きさだ。ざっと見て6メートルくらいある。包丁を握りしめてから、前にやったマグロの解体と同じ要領で始めた。

普通のマグロと違うのは全身の硬さだ。特に鱗の硬さが普通のマグロの比じゃない。これは気合いを入れてやらないとね。

「はあぁぁーーーー！」

包丁で勢いよく頭を切断、ごとりと甲板に落ちる。

続いて包丁をホワイトマグロの胴体にスライドさせて、鱗を弾き飛ばした。これを高速で繰り返して鱗をすべて落としたあとは腹を一閃。

「そいりゃあぁーーーー！」

再び気合いを入れて骨を中心にして胴体を斬り分ける。忘れずに骨についた身を削《そ》いで中落ちとして食べないとね。

解体スキルのおかげでホワイトマグロも綺麗に分けられた。このあとは熟成ボックスに入れたいところだけど、何せ相手はホワイトマグロ。

普通のマグロとは違う釣り立ての味わいというものがあるかもしれない。

中落ちを摘まんでから醤油につけて食べてみた。

「やんわあぁっ！」

中落ちの時点でトロ味溢れる濃厚な味わいがあった。これが釣れたてというのが信じられない。熟成ボックス前、しかも中落ちでこれだよ。大トロを食べたらどうなっちゃう？

お楽しみはあとにしてまずは赤身部分、どれどれ――

（こ、これ、大トロじゃ？）

食べ始めは通常の赤身と変わらない。だけど噛んだ時に風味がドバッと溢れてきた。口の中で赤身がほどけて噛めば噛むほど柔らかくなる。

私はたまらず船内のキッチンに走って米を炊いた。これはやるしかない。今やらなくていつやるの。

米が炊き上がると、どんぶりによそった。中落ちと赤身をご飯に上に載せてマグロ丼の完成だ。これにほんの少しだけ醤油を垂らしてご飯と一緒にマグロを食べる。

（言葉にならない！）

まず普通のマグロと違って噛めばしっかりとした旨味が出てくる。これは異世界じゃないと味わえない。

ご飯と醤油、マグロが合わさって1秒でも早く飲み込みたくなるから箸が止まらない。噛んで味わいたいのに、なかなかそうはさせてくれない。

マグロの旨味が息継ぎを許さず、体が次の味わいを欲する。醤油によるしょっぱさとご飯の相性も何気に伏兵だよ。ご飯のほんのりした甘さと醤油の刺々《とげとげ》しいしょっぱさがケンカをしているところに、マグロがやってきてまぁまぁとなだめる。２つが和解したところでマグロが２つの味を取り込むしたたかさ。

マグロは自らの食感と風味に２つをスパイスとして利用してしまった。そこへいくとオニギリのノリも似たような仕事をしているかもしれない。米と塩を包み込むことで、自らの風味を強調する。

気がつけば、その後ろにいるのは米と塩だ。ノリの前ではこの２つすら脇役となりかねない。更にパリッとしたノリなんかで食べると、もう主役は決定だ。そのノリにマグロを載せて食べてみると、これも大正解。これなら醤油がなくてもいける。

パリッとしたあとにトロッとした食感、パリトロ感がくせにならないわけがない。これは考えてみたら手巻き寿司と似たようなものか。そりゃおいしい。

「大トロか……」

綺麗に切り分けた大トロに太陽の光が反射する。そのきらめきは直視できないほどの輝きを見せつけてくれた。

この海の宝を本当に食べてしまっていいのか？　大トロ自らがそう語りかけてくるようだ。

「食べるッ！」

箸を震わせながら大トロを口に入れる。次の瞬間、私は飲み込んでいた。一瞬だった。

「はぁぁ〜〜……」

噛んだ瞬間すら、ほぼ認識できない。かといって一切食感がないわけじゃない。一瞬で溶けるようにして喉に落ちていく過程でも、大トロはしっかりと私に伝えた。

風味、喉越しの味わい、余韻。下品な脂っぽさなんて一切ない。

おいしくない大トロをブクブクに太ったおばさんとするなら、この大トロはふくよかな貴婦人だ。お召し上がりいただけたかしら？　そう聞こえたかのように、私に一切嫌な後味を残さない。

それでいてトロ特有の味はしっかりと舌が記憶している。確信した。ホワイトマグロの大トロは飲める。もう一口、更に一口、もういっちょ。

鼻からすら吹き抜けるトロの風味は私を丸裸にして空中に放り出したかのようだ。

「飛んだぁ……」

このままどうなってもいい。空中で私はいつまでも漂っているかのようだった。

そして私という奴は味を占める生き物だ。ホワイトマグロのおいしさに昇天しちゃったんだから、他にも海の幸を味わいたい。マグロやサンマ、サケなんかのメジャーな魚は売った分を差し引いてストックしてある。

騒がしい市場をふらついては目をつけた肉類を購入した。船の食料庫になぜか肉類はない。卵はあるのにね。だから肉が食べたい時は自分で買うしかなかった。

買うとはいってもここは異世界、私にとって品質は未知数だ。【鑑定】のおかげで品質がわかるのはありがたい。食べ頃から腐りかけまで幅広く売っていた。

異世界において【鑑定】は必須だ。腐りかけは論外として、肉の品質の差がかなりある。元の世界と違って生産のノウハウが確立していない生産者もいるだろうから、これはしょうがない。

一般家庭で変な肉を買う被害者とかいないのかな。さすがに腐りかけの肉は見ればわかるから店員にやんわりと指摘すると、おっといけないなんて言って白々しく売り場から下げる。私が指摘しなかったらしれっと売り続けていたくせに。

市場で目ぼしい肉を購入してアイテムボックスに入れてから、港に向かう。市場で買えるものは当然として、ホワイトマグロみたいな滅多に出回らないものを探し求めていた。

情報収集先として適切なのが海の男たちだ。と言っても、いきなり質問して回るのは印象がよろしくない。

世間話から入って、軽く荷物の搬入作業を手伝うとだいぶ機嫌がよくなる。気をよくして穴場の釣りスポットなんかを教えてくれるからありがたい。

ラギさんからも話を聞こうと思って、あの人の船に向かった時だ。人だかりができて、男たちと誰かがもめている声が聞こえる。

近づくにつれて、その中の1人がラギさんだとわかった。あの人、あれだけお金ができたのにまだ漁に出るんだ。生粋《きっすい》の海の男だよ。私なら好きなことして暮らすな。

「だから、お前みたいなチビにゃ海は早いってんだ！」

「海に年齢は関係ねぇっす！」

見ると海の男たちと小さな女の子が言い争っていた。険しい表情の男たちに取り囲まれても、女の子は威勢よく叫んでいる。

あの子、前に見たことがあるな。褐色肌のツインテールの女の子、確かラギさんの漁から帰った時にこっちを見ていた子だ。

あの時は何も言わずにいなくなったけど、今になって騒いでいる。歯茎《はぐき》を剥《む》き出しにして怒る様がいかにもお子様って感じがした。

「お前の親父にゃ同情するし世話になった！　だが、それとこれとは別だ！」

「チビでも泳げるし、これでも知識はあるっす！」

「お前みたいなチビが海に落ちて助かるわけねぇだろ！　何かあったらお前の親父の墓にどのツラ下げて行けばいいんだ！」

「落ちなきゃいいっす！　父ちゃんは連れていってくれたっすよ！」

なんだか面倒な場面に出くわしちゃったな。

要するにあの子は漁師たちと海に出たい。だけど漁師たちは危険だからダメだと主張する。

あの子のお父さんはすでに亡くなっていて、海に出るなら漁師たちに頼むしかないわけだ。

申し訳ないけど、漁師たちの言い分が正論だ。あんな小さい子を荒波で揺れる船に乗せるわけにはいかない。ましてや海には魔物がいる。

あんな小さい子だとスピアフィッシュにひと突きされて終わりだ。たとえディオルさんでも守り切るのは難しいと思う。

「お前なんかスピアフィッシュにぶっ刺されて終わりだ！　あいつらにはオレたちでさえヒヤさせられてんだからな！」

「あいつらが襲ってくるのは理由があるっす！　うち、気づいたっす！」

「なんだってんだよ？」

「教えないっす」

女の子がぷいっと顔を逸《そ》らした。漁師たちはしょせん子どもの戯言と受け取って、やれやれみたいなポーズをしている。

だけど私としてはちょっと気になるな。あの子のお父さんは元漁師で、父親の漁についていった。だったらそれなりに海を知っているはずだ。子どもだからと侮るのは早計かな。

「おい、ナナル。言ってみろ。あいつらが襲ってくる理由ってのはなんだ？」

「うちを漁に連れていくなら教えてやるっす」

「そいつはお前さんが持つ情報次第だ。納得できりゃ乗せてやる」

「ぐーぬぬぅー！」

高度な駆け引きが行われている。褐色の子どもことナナルちゃんがイニシアチブを握ったかと思えば、海の男も退《ひ》かない。

ナナルちゃんと海の男たちの睨《にら》み合いが始まった。

「ホントに乗せるって約束するっすか？」

「あぁ、男に二言はねぇ。言ってみろ」

「ホンットーに？」

「あぁ、約束する」

ここでナナルちゃんがカードを切るか悩んでいる。一見してナナルちゃんが駆け引きに成功したように見えるけど、これは罠だ。

あくまで情報次第で船に乗せる条件付きであって、教えたと同時に目標達成とはならない。たとえ有益な情報でも海の男側が納得できないと突っぱねれば、そこで終わり。

それをわかってやっているのか、海の男たちはニヤニヤしている。ただ1人、ラギさんだけは難しい顔をしていた。なんたってあの人は私みたいな得体の知れない小娘を船に乗せてくれたからね。

「さぁ、どうする？」

「お、教えるっす」

海の男が勝利を確信して満足そうに笑みを浮かべる。子ども相手に何やってんの。まともな大人ならきちんと頭を下げて教えてもらうか、情報も突っぱねて拒否すべきだ。

「いい子だ。じゃあ、教えてくれ」

「はい！　そこまでぇーーー！」

「うあぁっ!?」

私が2人の間に飛び込んだ。ナナルちゃんを腰を抜かすほど驚かせちゃったけど、海の男は驚いてバランスを崩して転びかけた。

「な、なんだぁ！」

「この場は私が預かる！」

「いや、まず誰だよ！」

「私は旅人のセア。そこにいるラギさんとは一緒に海に出た仲だよ」

ラギさんは注目を浴びて、「オ、オレ?」とばかりに自身を指した。

そう、あなたです。ちょっと誤解がある表現の気がしてならないけど、細かいことはどうでもいい。

私がしゃしゃり出た理由は2つ。1つはナナルちゃんの情報だ。もし有益な情報なら、この場の人間で共有すべきだと思った。

「あ、あんた、確かラギおじさんの船に乗ってた……」

「ナナルちゃん、スピアフィッシュの情報を皆に教えてあげて。私の船に乗せてあげるからさ」

「へ? あんた、船なんか持ってるっすか? だったらラギおじさんの船に乗る必要なかったっすよね?」

「細かいことはいいから教えてあげて」

口を尖《とが》らせて細かくねえっすよと言いたげだ。そりゃ私だって食い意地が張って船に乗せてもらいましたなんて言いたくないよ。

冷静に考えたら自分の船でラギさんの船についていけばよかったんじゃないかなって思ったよ。

でもプロの漁師の仕事を近くで見ることに意義がある。だから決して食い意地は関係ない。誰が見てもそう思うはずだ。

◆◇◆◇◆

ナナルちゃんに私の船を見せてあげると、目を輝かせて船外から船内までくまなく観察した。手でペタペタと触ったりして、好奇心いっぱいでかわいい。私の船を初めて見た漁師たちも口々に感想を漏らしていた。

「セア、お前よ。こんなにいい船を持ってるならわざわざ俺に頼まなくてもよかったんじゃないか？」

「プロの漁を近くで見たかったんだって。それに頼みもしないで船でただついていくだけってのも感じ悪いでしょ」

ラギさんをはじめとする漁師たちが甲板にのぼってきて観察した。

他の奇抜な船に埋もれて見た目では目立たなかったけど、機能なんかは比較にならないらしい。

特に風呂やトイレがついている船を個人で所有しているのは1級冒険者以上か貴族くらいとまで言われている。漁師個人でこのレベルの船を所有している人はほぼいない。

確かにラギさんの船は個室こそあったけど、その他の設備はなかった。風呂はともかくトイレはどうしているんだろう？

などという危険な好奇心は捨てたほうがいいか。大体想像つくからね。

「あ、あんた、なんて船を持ってるっすか！　貴族の娘か何かっすか！」

「違うけどいろいろとね。それよりスピアフィッシュの対策を教えてもらえる？」

「うー、こんな船を見せつけられたらしょうがねえっす。スピアフィッシュは光るものに反応して襲ってくるっすよ」

「光るもの？」

ナナルちゃんの話によれば、スピアフィッシュは人間を襲ってるわけじゃない。光に反応して向かってきてるだけだ。

冒険者がよく身に着けている金属製の武器や防具に太陽の光が反射している。その他、船に反射するものがあっても同じだ。漁師たちが漁に使う器具が照らされて光った際に襲われる。

そんなまさか、と思ったけど考えてみれば私の時もそうだ。私が海に近づいた時、後ろにはディオルさんがいた。あれは私を狙ったんじゃなくて、ディオルさんの武器を目がけて突撃してきたところに私が割り込んだんだ。

ナナルちゃんの説が正しければ、護衛の冒険者たちの武器や防具が危険を呼んでいたことになる。

話を聞いた漁師たちはかなり動揺していた。すんなりと信じている人はいないものの、まさかといった感想が大半だ。

「そんな習性があるってのか？」

「いや、でも確かに俺のじいちゃんがあいつにやられた時は金属の釣り竿を使っていた……」

「ワシは木製の釣り竿を使っておる！　この歳まで一度も襲われたことはないぞ！」

ナナルちゃんの説には一定の説得力があるみたいで、漁師たちは少しずつ納得し始めた。その光景を見たナナルちゃんが得意げに大きな麦わら帽子をかぶる。

「こうしていれば、目の光の反射もある程度は抑えられるっす！」

その無邪気な仕草に誰一人として突っ込めない。

光の反射か。そういえば元の世界にもあれと似たような魚がいたな。確かダツだっけ。あっちはせいぜい大きさが1メートル程度だけど、スピアフィッシュは大きい個体なら2メートル近くある。

それに速さというか、動作が完全に飛んでいると表現していい。例えるなら超小型のジェット機が突っ込んでくるようなものだ。海からそんなものが突っ込んでくるんだから、たまったものじゃない。

ナナルちゃんの説が正しければ、多くの漁師たちが生き残ることができる。

さっそくラギさんが自分の船に走っていったみたいだ。これから対策でもするのかな？

「し、信用してみる価値はあるかもしれん」

「急用を思い出した！」

「こうしちゃいらんねぇ！」

ラギさんに続いて漁師たちがあっという間に自分の船に走り去っていく。

すごいな。まだ10歳くらいのナナルちゃんの説を大人たちが信用したってことだ。

ラギさんの発言からしてこの子は漁師の娘で、お父さんが死んでからは船に乗せてもらえなかった。あの漁師たちが信用したのは正確にはナナルちゃんじゃないかもしれない。

この子のお父さんを知っているからこそ、より納得したように思える。

そうじゃなかったら、あれだけ邪魔者扱いしていた子どもの話なんか信用しない。

「ふん、今更慌てて認めたっすか」

「ナナルちゃん。スピアフィッシュの習性はお父さんが言ってたの？」

「いや、うちが父ちゃんの漁を見ているうちに気づいたっす。父ちゃんは護衛いらずの最強漁師だったっす」

「お父さんはスピアフィッシュをどうしていたの？」

「飛び出す前に気づいて甲板に伏せていたっす。他にも天候とか読むのがうまくて、すんげー父ちゃんだったっすよ」

海の男の勘というやつか。続けたナナルちゃんの話では海面の揺らめき方で大体わかっていたらしい。

たぶん常人には理解できないと思うから、ベテランの域に達したところで誰にでもできる芸当じゃないと思う。

ラギさんたちの態度からして、この子のお父さんが最強漁師というのも過言じゃない気がしてきた。そしてナナルちゃんの観察力と知識量、これは使える！

「で、ねーちゃんがこの船に乗せてくれるっすか？　でも漁師には見えねぇっす」

「プロの漁師みたいな真似はできないけど、これでもサンマやマグロなんかを釣ったことがあるんだよ？」

「あのサンマを!?」

「他にもサケとかニシンもあるよ。見る？」

「見るっす！」

目をキラキラとさせたナナルちゃんが私にとことことついてくる。よっぽど海が好きなんだろうな。

お父さんが死んで漁に行かなくなってから、ずっと寂しかったように見えた。アイテムボックスから保存しておいた魚を取り出して並べると、大はしゃぎだ。

「1人でこんなに釣ったたっすか！　こいつらが生息しているとなればずっと沖にあるマリーナ海域っすよ！　船食いのグランシャークや海の殺し屋サハギンひしめく危険海域っす！」

「や、やっぱりそうなんだ……」

さすがに詳しいな。好きこそものの上手なれというし、自分なりに勉強したのかもしれない。

ナナルちゃんはサンマを両手で掲げて大切そうにずっと見ていた。

第三章　伝説の漁師と少女

ナナルちゃんはすっかりこの船を気に入ってくれたみたいだ。

やっぱりというか特に驚いていたのが風呂とトイレで、感動のあまりいきなり裸になってシャワーを浴びだした。その勢いで体を洗ってさっぱりしてから疲れてお昼寝、寝顔をつんつんしても起きない。お父さんが死んで以来、ようやく海に出られて情緒がちょっとおかしくなってそう。

ナナルちゃんが起きるまで私はキッチンで手巻き寿司の用意をした。酢飯とノリの他に具材はサケやマグロとホワイトマグロ、イクラだ。

ダブルマグロで違いを楽しむのも乙かなと思って用意したけど、ちょっと多いかも。

本当は納豆とか、おいしいものもあるんだけど異世界人には刺激が強い。イカなんかもあればもっと華やかになっただろうな。

「ハッ!?　ここは！」

「船の上だよ」

「船！　船っすか！」

「寝ぼけてる？」

ナナルちゃんが甲板にやってきて騒いでいる。どうぞ、と手巻き寿司を差し出すとナナルちゃんは少し引き気味に観察していた。

「それなんっすか？　もしかして生の魚を巻いてるっすか？」

「生魚を食べる習慣がない？」

「あ、あったりまえじゃねーっすか！　腹壊すっすよ！」

「これはそんなことないけどね。食べないなら1人でいただくよ。どれ……」

マグロを巻いた手巻き寿司を一口食べると、パリッというノリの音が心地いい。んー、おいしい！　使われているのは酢飯とノリ、マグロ、醤油のみ。

やってることはオニギリとあまり変わらないのに、酢飯だけでここまで味わいが変わるわけだ。

それだけじゃなく、手巻き寿司のおいしさは自分で作っているという点もある。自分の口に入れるものを自分で作る。

そこにはわずかながらの達成感があり、それがよりおいしさを強く感じさせているのかもしれない。

それにしても塩と米、酢と米。これを最初にやろうと思った人は天才だね。何事もそうだけど第一発見者は勇者だよ。米に限らずナナルちゃんみたいに、生で魚を食べようなんて普通は思わない。

「う、うまそうに食うっすね……」

「あー、もうすぐなくなっちゃうなぁー」

「あっ！　あっ！　なんならうちも食ってやるっす！」

「でも生だよ？」

「腹壊したらあんたを恨むっすよ」

ナナルちゃんにノリを渡すと、ジャイアントな手巻き寿司が出来上がった。酢飯の量を間違えてノリで巻けなくなるのは手巻き寿司あるある。それでも食べられないわけじゃない。

ナナルちゃんが頑張って食べてもにゅもにゅと噛む。

「んっ！　らんれうあいっふあ！」

「ちゃんと飲み込んでから喋ってね」

「んんっ！　な、なんでふまいっすか！　衝撃っすよ！　すっぺぇのが少しあるのに、ちっとも邪魔にならねぇっす！」

「ねー、食ってすごいよね」

それからナナルちゃんは生のサケを摘まんで、ジッと観察している。醤油につけず、そのまま口に放り込んでしまった。

「ん……ほんのりと甘みを感じるような、ないような……」

「生の魚は時間を置いて熟成させたほうがおいしくなるからね。焼いた魚もいいけど、こっちはこっちで病みつきになるよ」

「で、この黒いのは……しょっぱあぁぁーーーい！」

「醤油を直接舐めちゃダメだって」

「つけて食べてる時はもっと舐めてぇって思ったのに舐めるとひでぇっすね！」

それはなんとなくわかる。食べたらおいしいけど飲んだらまずいって感じだ。その醤油の刺々しさを静めたのが麺つゆなんだよね。今度、試しに作ってみようかな。

２人で手巻き寿司を完食して昼下がり、今は海岸沿いに船を動かしている。ナナルちゃんのお礼ということで、今日は彼女がお勧めする釣りスポットまで行くことにした。

なんでも秘密の入り江があるらしくて、そこでは貝なんかが獲り放題だそうな。

「父ちゃんがよく連れていってくれたっす。皆は沖のほうばかりに目がいってるけど、こういう隠れた場所は知らないっすよ」

「貝!?　いい父ちゃんだねぇ！」

「でも海から帰ってこなくなったっす」

ナナルちゃんが甲板の真ん中に立って寂しそうにつぶやく。あの歳で父親を亡くすなんてかなりつらいだろうな。

私と違って良好な関係みたいだし、たくさんのことを教わったはずだ。私のほうといえば、学歴と一流企業への入社以外のことはまったく教わらなかった。

ナナルちゃんのお父さんはきっと尊敬に値する人物だったんだろうな。できれば生きているうちに会ってみたかった。

「セアねーちゃん、この船はどうやって動いてるっすか？」

「勝手に動くよ」

「そんなのありっすか？」

「ありっすよ」

神様だからね。秘密の入り江を目的地にセットしておけば、あとは寝ているだけで着く。腹ごしらえも終わったし、釣竿を2本持ってきて釣りをすることにした。

「ナナルちゃん、これやったことある？」

「バカにしてんすか？　港町でうちに釣りで敵《かな》う奴は父ちゃんくらいのもんだったっすよ」

「へぇ、じゃあ相手にとって不足なしだね」

「なに、やるっすか？　船に乗せてもらったからって手加減しねぇっすよ」

釣りを知らない可能性があると思って聞いてみたけど失礼な質問だったか。おかげで勝負モードになっちゃったな。

２人並んで椅子に座りながら、隣には海水が入ったバケツを用意。疑似餌《ぎじえ》をつけてからルアーを放り込んでスタートした。

「釣れたぁッ！」

「なぬ!?」

「あれあれぇ？　港町ナンバー２のナナルちゃんは舐めプかなぁ？」

「なめぷってなんすか！　早く釣れりゃいいってもんじゃねえっすよ！」

私は早くもメバルをゲット。

一方でナナルちゃんの釣果はまだゼロだ。実のところ私は釣りのド素人だし、コツとかよくわからない。刻々と時間が過ぎていき、私はカレイ３匹ゲット。

ナナルちゃんの釣り糸はまったく揺れる気配がない。今日はナンバー２の調子が悪いのかな？

「よし！　いいアジが釣れたっ！」

「ちょっとうるせぇっすよ！　マナー守れっす！」

「ごめん」

やばい。怒ってるどころか、ちょっと涙目だ。子ども相手に頑張りすぎたかな。と言っても私は釣り糸を垂らしてるだけだし、違いはよくわからない。

「あ、あの、ナナルちゃん。そろそろやめよっか」

「うっ、ふぐっ……ぐすっ……」

やっちゃったよ。涙と鼻水で顔をぐしゃぐしゃにしている。元々勝負のつもりはなかったけど、流れでそうなっちゃったのがまずかったか。

知識と観察力はすごいけど、こっちの腕はアレだったみたい。機嫌を損ねられても困るので、これ以上刺激するのはやめた。ここからはご機嫌取りだ。何せ子ども相手だからね。

◆◇◆◇◆

ナナルちゃんが教えてくれた秘密の入り江は断崖絶壁と森に囲まれた場所だった。陸からは周囲に傾斜や崖、小高い山が連なっていてあえて行こうとは思えない。

海からはちょうど岩礁に隠れて、見落としてもおかしくない。数々の自然の偶然が重なって秘境を作り上げていた。

船はちゃんと岩礁を避けて入り江に着く。砂浜はキラキラとしていて、ゴミ一つ落ちていない。

思わず水着に着替えて駆けた。太陽で温められた砂浜はちょっと熱いけど、柔らかい砂が足の裏を受け止めてくれて気持ちいい。砂を手ですくってみるとサラサラと零れ落ちていく。海水浴なんて行ったことがなかったし、人生二度目の浜辺だ。

異世界に来た時は気づかなかったけど、海にいる時とは違った波の音の聴こえ方がする。

水が押し寄せては引くのを見ているだけでも楽しかった。砂浜はちょうど三日月状になっていて、半分くらいが断崖絶壁だ。見上げるとちょうど太陽が真上に見えて、周囲を崖の淵が囲っている。

「セアねーちゃん、どうっすか。父ちゃんが言うには大昔、波が押し寄せたことであの崖が削られたらしいっす。セアねーちゃん？」

「すごい……私、こんなの初めてだ……こんな世界があったなんて……」

「そ、そんなにっすか」

「ねぇ、ここで海水浴とかできちゃうかな？」

私の質問に対してナナルちゃんがちょっと呆れ顔だ。いや、まぁナナルちゃんからしたら海水浴なんて、もっと幼い頃からやっているだろうからね。

当たり前のことに対してできちゃうかなんて聞いても、そりゃできるだろとしか言いようがない。

「できちゃうも何もセアねーちゃんはすでに準備万端っすね」

「できる前提で動いているからね」

「海遊びなんて別にここじゃなくてもできるっすよ」

「いーや、浜辺にパラソルを立てて日光浴をしつつグラスを片手にする……波の音を聞きながらウトウトとして、夜はバーベキュー！　これが海水浴なの！」

「それ泳いでねぇっすよ」

おっと、少し願望が偏り過ぎたか。

船から持ってきたパラソルを開いてから砂浜に立てた。テーブルとビーチチェアをセットして海水浴の準備は万端だ。

ナナルちゃんが何してんだこいつみたいな目で見てるけど、こういう優雅なひとときを楽しめてこそ大人だよ。

最後にグラスにブルーハワイを注いでからサクランボを1つ入れてテーブルの上に置いた。

もちろんノンアルコールだよ！

「なんすか、これ」

「これが海水浴の基本だよ」

「変な色した液体っすね。シュワシュワしてるっす……飲んでいいっすか？」

「ナナルちゃんには刺激が強いからやめたほうがいいよ」

「ほー、言うっすね。そこまで言われて引くわけにはいかねぇっす。どれ」

ナナルちゃんがブルーハワイのストローに口をつける。次の瞬間、口を離してゲホゲホと苦しそうにしていた。

「な、なんすかこれ！　喉が焼けるかと思ったっすよ！」

「炭酸だよ。その喉越しを楽しめてこそ大人だね」

「こんなものより、この入り江にはもっとすげぇものがあるっす！　なんとアワビが獲り放題っすよ！」

「なんとぉ！　それを秒で言ってくれなきゃ！」

砂浜を駆けて海へ入った。もぐり進むと水中が綺麗に透き通っていて、海藻が水に揺らされている。

岩礁の辺りまで泳いでアワビがないか探した。するとあるある。元の世界でもこんなにゴロゴロと転がっているものなのかな？　1つ、2つ見つけてから岩の間に手を入れると更に見つけた。

海面から顔を出してナナルちゃんにアワビを見せてアピールすると、親指を立てて喜んでくれる。

浜辺まで泳いでから、3つのアワビを砂浜に並べた。

「これ！　これっすよ！　アワビ！」

「これって勝手に獲っちゃっていいのかな？　密漁扱いにならない？」

「みつりょー？」

「あ、そういうのはないんだ」

元の世界と違って漁業権だのそういうのはないらしい。自由に漁業をしていい代わりに、獲れたものは商業ギルドで徹底して管理しているわけか。

だとしたらこういう秘密の穴場なんかは見つけたもの勝ちだ。

ナナルちゃんのお父さんだけじゃなく、腕利きの漁師なんかは案外こういう場所を知ってるんじゃないかな？

そうなると私は大した苦労もせず、ナナルちゃんに教えてもらうことで辿りつけたのは運がいい。

「ナナルちゃん、獲りすぎないようにもう少しだけ獲ってくるね」

「うちは焼く準備をしてるっす」

「じゃあ、行ってくる」

船から籠を持ってきて、海に浮かせた。獲ったアワビを入れるためのものだ。

再び潜って海中を見渡してから、アワビを集め始めた。こんなにも簡単に獲れるとは思わなかったな。【水中呼吸】と【水圧耐性】のおかげで、いつまでも潜っていられるのは強い。息継ぎの時間がないから探索効率が通常とは段違いだ。

そんな中、明らかにアワビと違うものがある。あのトゲトゲはまさかウニ？　間違いない。素手で触るわけにはいかないから、ひとまず一度戻ろう。

「ぷはっ！　さぁて、一度船に……」

海面から顔を出すと、ふと小島が視界に入る。

広さ的には大体一軒家の敷地程度だけど、ポツンと1つだけ本当に家がある。メルヘンの世界に出てきそうな赤い屋根で、外壁はクリーム色とかわいらしい。

（あんなところに誰が住んでいるんだろ？　波でさらわれないのかな？）

こうなるとさすがに気になってくる。

もし人が住んでいるなら、大量の海の幸なんかを持っているんじゃないかな？　うまく仲良くなれば珍しい魚を分けてもらえるかもしれない。少し遠いけど泳いで向かってみよう。

メルヘンチックな家が建つ島まで泳いでいくと全体像がよくわかった。家は平屋で四角い煙突がついていて窓は正面と側面に1つずつ。見る限り、1人用の家かな？　見れば見るほど不思議な家だなと思っていると、ドアがガチャリと開いた。

誰か出てくるのかなと思ったけど、家の中は真っ暗だ。なにこの家？

と思っていると、暗闇の向こうから何かが勢いよく飛び出してきた。

「うわッ!?」

海に潜って回避すると、飛び出したものも潜ってくる。それは蛇だ。一つ目でサメみたいに二重の牙を生やしている。

蛇は水中だろうと機敏に動いて私に噛みつこうとしてきた。蛇の噛みつきを回避しつつ、それを掴む。思いっきり力を入れて握りつぶした。

(魔物の住処《すみか》ならそう言ってほしいなぁ……あービックリした)

水中から顔を出すと、ドアが開いたままの家の奥で複数の目が光っている。

あっ、これあかんパターンじゃ？　答え合わせのように次々と蛇が流れ出るように放たれた。

また海の中に潜ってできるだけ遠くに逃げよう。後ろから蛇が追いかけてきているけど、こっちのほうが早い。このまま逃げ切れ――

(いや、なんか下にいるよ)

私の下を巨大な黒い物体が埋め尽くしている。海中で一対の目が光っていて、私は悟った。

あの蛇たちと下にいるこれは同一のものだ。その証拠にあの島だと思っていたものの全体像が海中で明らかになる。

あれは島じゃなくて化け物の背中だ。大きい亀か何かが家を載せていて、近づいてきた人間を捕食する。

巨大な黒い影が私に向かってきた。全力泳ぎで難を逃れると、そいつの横顔が見える。怪獣のガメラみたいな化け物が私をギロリと睨んだ。

大きい亀の化け物が背中に家を載せていて、おまけに蛇まで生やしている。亀の背中の家が水に溶けるようにして化け物に吸い込まれていった。

(とんでもない化け物がいるなぁ！　さすが異世界！)

ガメラもどきが頭を動かすと同時に先に複数の蛇が私を襲った。私は目を見開いてそれぞれの動きを見極める。

まずは2つの蛇を掴んでちぎると同時に、もう1つを両足で挟んで潰す。

続けて近い距離に迫った蛇から潰していって、足も使って体を総動員させた。高速で同時に3つの蛇をちぎり殺したところでどうやら打ち止めみたい。

ようやく口を開けて迫ったガメラもどきの本体はかなり鈍かった。たぶん本体の動きが遅いから、あの蛇は捕獲用なんだろうな。巨大な亀だけならそんなに怖くない。

(先に襲ってきたのはそっちだからね)

拳に力を入れて、全力パンチをガメラもどきの額にヒットさせた。ガツンとやられたガメラもどきは額を破壊されて、血が海中に漂う。

白目を向いたガメラもどきが胴体を反転させて海面へと向かっていった。

私も海面から顔を出すと、ガメラもどきがひっくり返って大きな波を起こす。

腹を見せて浮いているガメラもどきの上にのぼって、私はようやく休憩をとった。

「はぁぁーーもうビックリした！　なんなの、これ？」

ガメラもどきの腹をコンコンと叩《たた》くと割といい音がした。ふと入り江の海岸を見るとナナルちゃんがなんか腰を抜かしている。

どうしたんだろ？　モグラでも飛び出してきたのかな？

泳いで戻ると、ナナルちゃんが口をパクパクさせて何も言えない。

「ナナルちゃん？」

「セ、セアねーちゃん……なにしてるっすか……」

「まさかあれのこと？　襲ってきたから倒しちゃった」

「ヒューマンフィッシャーを、丸腰で、ひ、1人で……あわわ」

ナナルちゃんの震えが止まらないみたいだから、ひとまずタオルを持ってきて体を包んだ。

そういうことじゃないと言いたげだけど、私にできることはこれくらいしかない。

落ち着いたナナルちゃんによると、あのガメラもどきの名前はヒューマンフィッシャー。海で限界状態に陥った船員に家を見せることによって、おびき出して食べるそうだ。まともな精神状態ならあまり騙されることはなく、知識がある船乗りならまず近づかない。

だけど知能が高い個体になると洞窟を見せて、知的好奇心を刺激する。

そうやってまんまとおびき寄せられた冒険者が襲われる事例もあるみたいだ。更には人間が目指している港町の一部を再現する個体もいるというから恐ろしい。

「私が討伐した個体はあまり頭がよくなかったかもね。あんなところに家なんかあるわけないもん」

「じゃあなんで近づいたっすか？」

「そ、それはもし民家が流されていたらとか思うでしょ？」

「なるほどっすね。食べ物がありそうとか、そんな動物みたいな理由で近づいたんじゃないっすね」

感のいい子は嫌いじゃないよ。怖いけど。

今でもドン引きされてるし、確かにあのサイズはインパクトがあった。

腹を見せているガメラもどき、じゃなくてヒューマンフィッシャーを見ているとふと思う。

「ねぇ、あれって食べられないの？」

「肉から甲羅《こうら》に至るまで、市場で高値で取引されてるっす。ただあれを1人で解体なんて不可能っすよ」

「まぁできるだけやってみるよ。で、おいしいの？」

「父ちゃんに一度だけ食べさせてもらったけど、味自体はタンパクっすね。ていうか1人で解体は無理っすよ。シルクスに戻って応援を呼ぶっす」

「いや、私1人でなんとかするよ。皆の手を煩《わずら》わせたくないし、雇うほどのお金もないからね」

1人であの大きさの解体はかなり骨が折れそうだ。

ひとまず流されないようにヒューマンフィッシャーを海岸に持ってこよう。また海に潜って海中からヒューマンフィッシャーの体を押した。水中とあってかなりスムーズに運べる。

海岸になんとか載せると半分以上も占拠するほど大きい。完全に景観が損なわれた。

「それで一応こっちの準備は整ったっす」

「よし！　じゃあ解体が終わったらアワビとウニ、それに食料庫から魚を持ってきて焼いて食べよう！」

「ウニも獲ってきたっすかー」

日が暮れるまでにヒューマンフィッシャーの解体を終わらせよう。

私には海鮮バーベキューが待ってるからね。

全力の【解体】スキルをもって取りかかると、ヒューマンフィッシャー解体は夕暮れ前になんとか終わった。

あまりに大きすぎて船に備え付けられている解体用の巨大包丁が役立つ。

【解体】スキルは未知の生物でもスムーズに解体できる。

甲羅部分と肉を分離して、アイテムボックスに詰められる分だけ詰めた。

さすがに甲羅部分は入りきらないから船にくくりつけて運ぶしかない。

流されないように予め済ませたあとは海水浴だ。

入り江の波は比較的穏やかで、浮き輪を用意して海の上でくつろぐ。

波の音が心地よくて気がついたらかなり沖まで流されていて焦った。

全速力で泳いで戻るとナナルちゃんが砂浜に座ってじっと見てくる。

「ナナルちゃん、バーベキューの準備は終わったんだね。さすがだよ」

「セアねーちゃん、泳ぎをどこで覚えたっすか」

「どこで？　どこでだろう？　プールの授業？」

「プールの授業？」

妙なことに関心を持つな。なんだかむずがゆそうな顔をしているし、もしかして泳げないとか？　いや、さすがに凄腕の漁師である父親が泳げない娘を船に乗せるわけないか。

「どうしたの？」

「その、なんてゆーか……」

「まさか泳げないとか？」

「し、失礼っすね！　泳げるっす！　ただ父ちゃんより速い泳ぎを見て驚いただけっす！」

「あ、そういうこと」

父親より速くて、か。肉親に対してそこまで尊敬の念を抱けるナナルちゃんは立派だ。父親として娘に恥ずかしくない姿を見せただろうし、娘もその背中を見て育った。

ナナルちゃんのお父さんは人として本当に正しかったんだろうな。

そんな父親を上回る人間がいると、子どもとしてはどうしても歯がゆいのかもしれない。

子どもにとっては父親が大人のすべてみたいなところはあるだろうからね。

私はというと、ね。幼い頃は正しいと信じていたけど、結果的に反面教師になったと思う。

誰かに誇れるような人間でもないけど、せめて誰が見ても恥ずかしくない人間でありたい。

「まだ時間があるっす。セアねーちゃん、泳ぎを教えてくれっす」

「教えられるような技術はないけど、それでもいい？」

「いいっす！」

「じゃあ、水着に着替えようか。持ってるよね？」

着替えと聞いてナナルちゃんが途端《とたん》に真顔になった。気持ちはわかる。

「いや、大丈夫だって。こんなところ、人なんていないでしょ」

「うー……」

「心配なら船で着替えてこようか」

「そうするっす……」

ナナルちゃんを船に連れていって、水着に着替えてもらった。

意外にもスクール水着タイプで、いかにも優等生って感じだ。

それに比べて私のこの肌面積よ。

大した胸もないから、そこは救いかもしれない。

他人に見せびらかすものでもないし、ナナルちゃんみたいに素直に波打ち際ではしゃげばいいさ。

そーれ！　波打ち際といえば水かけっこだよね！

「な、なにするっすか！　そりゃあぁーーーー！」

「やったなぁ！　そりゃーー！」

「たたたたたあぁーーー！」

「うりりりりゃーーーー！」

誰も知らない秘密の場所にて、２人で水かけっこを楽しむ。

たったこれだけなのに私にとっては新鮮でものすごく楽しい。

今までこんな経験すらしてこなかったなんて、私はどれだけ青春を楽しんでいなかったんだか。

「じゃあ、そろそろ泳ぎといきますか。ナナルちゃん、泳いでみて」

「うっす！」

ナナルちゃんがスムーズに泳ぎ始める。フォームだとか技術面はわからないけど、問題ないように見えた。

それどころか泳ぐスピードはこの年齢にしてかなり速い。

あくまで私の見立てだけど、元の世界で同年齢の選手と競ったらほぼ確実に勝つ。その道からのスカウトが来てもおかしくない。

生まれた時から海と共に生きてきただけじゃなく、きっとお父さんに厳しく仕込まれたんだろうな。ただ優しいだけじゃない。海で生きるうえで必要な技術をできるだけナナルちゃんに伝えたのかもしれない。

あの洞察力と知識は父親譲りの才能だとしても、口だけじゃない父親への憧れをしっかり感じる。

ナナルちゃんなら成長すれば立派な海の男、じゃない。海の女になる。釣りは下手だけどね。

「ど、どうっすか！」

「うーん、すごいうまいけどもう少し体を傾けたらどうかな？　こんな風にさ」

「あ、わかるっす。なんとなく水の抵抗が弱まった気がするっす」

「もう一度泳いでみて」

正しいアドバイスかわからなくて不安だったけど、ナナルちゃんのスピードが速くなった。

海から飛び出してイルカみたいに飛び込む様は海の申し子と呼ぶに相応しい。

うん、ナナルちゃんのお父さん。立派に成長しているよ。

「はぁ……はぁ……なんか楽に泳げるようになったっす！」

「名コーチのおかげだね」

「セアねーちゃん、ありがとっす！　父ちゃんに見せてやりたかったたっす！」

「父ちゃん……」

ナナルちゃんの何気ない一言だけど、限りない本心だろうな。

海から帰らなくなったと言っていたけど、お墓まであるみたいだから、きっと。

「もうすぐ日が暮れるっすね。そろそろメシにするっす」

「そうだね」

海から上がって網焼きの前で体を乾かす。その間、私はバカなことを考えていた。ナナルちゃんはお父さんが海から帰らないと言っていた。

それは言葉通りの意味なら行方不明ということになる。それとも大人たちが子どもを傷つけないようにそう言ってる可能性も高い。これぱっかりはナナルちゃんに聞くのはＮＧだ。

「ウニ！　アワビ！　さぁ、焼くっすよ！」

「よしよし、アワビはバター焼きにしよう」

「バター焼き⁉　そんな高級なものがあるっすか！」

「おいしすぎて昇天するよ」

私がバターをちらつかせると、ナナルちゃんが涎を垂らす。シルクスだとバターは高級品か。確かに市場でもほとんど見かけなかったな。

そういえば私が飲食店で食べたグラタン、結構高かった気がする。あれもバターが入っているだろうからね。

「ウニは生のままスプーンで食べるのもいいね」

「は、早く、食うっす！」

ナナルちゃんが餌を待ちきれない犬みたいになってる。その様子を見ながら、私は決意した。

ナナルちゃんのお父さんについてこっそり調べてみよう。センシティブな話だから教えてもらえるかわからないけどね。

海から帰らないというのは死という意味なのか。それとも行方不明なのか。後者ならわずかに希望はある。

私は父親に恵まれなかったけど、せめて生きていたらナナルちゃんをお父さんに会わせてあげたい。

待ちきれずにまだ焼けてないアワビに手をつけようとしたナナルちゃんを止めつつ、グッと拳を握った。

◆◇◆◇◆

夜の浜辺はより心が落ち着く。暗闇の海からは波の音だけが聞こえてくる。周囲も真っ暗の中、私とナナルちゃんはバーベキューを楽しんでいる。

網の上に載せているのはマグロ、サケ、サンマ、アワビだ。

前に釣って保存していた魚と今回獲ったアワビを合わせたバーベキューになっている。

魚を焼くオーブンと違って焼けるのが遅くて、パチパチという音を聞いてるだけでも待ち遠しい。焦げ目と匂いが漂い始めても今か今かと気が落ち着かなかった。

アワビにバターを載せて、ジワリと貝の身に浸透していく。もう1つのアワビは切って焼いているからコリコリに仕上がるはずだ。1つの食材で二度おいしい。

「まさかサンマを食べられるとは思わなかったっす」

「地元でもなかなか獲れなくなっちゃってねぇ」

「地元？」

「いや、なんでもない」

サンマの塩焼きがいい感じに焼き上がってきたかな。何度もひっくり返して丁寧に焼きつつ、サケも忘れない。

こっちはアルミホイルに包んで焼いている。中にバターやシラタキ、キノコを入れて蒸しているから、こっちの匂いもたまらない。

網の上を監視しつつ、涎を垂らしかけているナナルちゃんを見た。

見れば見るほど本当に幼いな。

私がいた世界よりも遥かに厳しいのに、親を亡くしてからどうやって生きてきたんだろう？

まさか一人暮らし？

なんて考えながら見ていると、ナナルちゃんが私の視線に気づいた。

「なんすか？」

「いや、ナナルちゃんは今どうやって暮らしているのかと思ってさ」

「今は港町のボロ家でじーちゃんと暮らしてるっす」

「おじいさんも漁師だったの？」

「そうっす。今は隠居してるっす」

なるほど。祖父がいたか。おじいさんとしてはナナルちゃんが海に出たがっていたのをどう思ってるんだろうな？

「じーちゃんも昔はすげぇ漁師だったっす。1人でサハギンを仕留めたこともあるらしいっすよ」

「それはすごい……冒険者並みじゃないの？」

「父ちゃんの話では、オレの船に他人なんか乗せられるかとか言って1人で漁に出ていたらしいっす。うちには優しいけど超厳しい人だったみたいっすね」

「あー、そういう人いるね。他人に気を使ってられるかってタイプね」

親子共々似たものっぽいな。そのくらい気が強くないと漁師なんてできないイメージがある。何せ相手は海だからね。ラギさんもちょっとそういうタイプの気があるかもしれない。

「セアねーちゃんの父ちゃんはどういう人っすか？」

「んー、頭がよくて自分が知ってる常識以外を認めない人かな」

「どういう人っすか……」

「いろいろと教えてもらったからね」

社会のレール以外の道を見ようとせず、外れた人間を見下す。

人はどこかに勤めるのが当然、起業なんて先が見えない人間のすることだと豪語する。そして起業して失敗した人に対してそれ見たことかと笑う。

自分の人生が正しいと信じているから、それ以外の生き方をする人を見て拒絶反応を起こす。反面教師として本当にいろいろと教えてもらった。

「ナナルちゃんには誰に何を言われてものびのびと生きてほしいよ」

「急になんすか？」

「要するに幸せ満喫してねってこと。お互い自分が満足する生き方をしようね」

「いきなり難しいことを言い出すっすね……」

ナナルちゃんがちらちらと網の上を見ている。アワビのバター焼きを渡してあげると、はふはふと冷ましながらパクンと食べた。

「うんめぇぇーーーっす！　な、なかなか噛めねぇっすけどうめぇっす！」

「どれ、私も……んん！　いい！」

硬すぎず柔らかすぎず、磯とバターの風味が見事にマッチしている。口の中で自らの存在を主張するかのような噛み応え。そして飲み込んだ時の後味。ほんのりと甘さを感じる。

天然ものとして海の荒波の中で生きてきたから、なかなかの弾力がある。

忘れてはいけないのがウニだ。包丁で割って身をスプーンですくって食べると、トロォッとした磯の味が幸せを感じさせてくれる。

「ウニもうまいっすねぇ！」

「これも高いんだよねぇ」

「え？　そうなんすか？　こんなもんどこにでもいるっすよ？」

「ホントに？」

アワビは貴重らしいけど、ウニはそうでもないらしい。やっぱり元の世界と異世界じゃ事情が違うみたいだ。

そうとわかればもっと獲ってくればよかったな。高級品だと思って少し遠慮した。

マグロステーキは表面が焼けて中身が生の状態だ。表面とのギャップ、熱さと柔らかさが融合してこれも虜《とりこ》になる。

「サケの包みもいい感じっすね」

「そうそう、バターの香りがねぇ……」

サケの身をほぐしつつ、バターに絡めて一口。キノコと一緒に噛んで食べると、海と山のコラボレーションだ。更に忘れちゃいけないのが皮だね。

サケの皮を残すとか考えられない。

「いやぁ、いい夜だねぇ。今度は肉のバーベキューもいいなぁ」

「そのときはうちも呼ぶっすよ！」

「なに言ってんの。ナナルちゃんはもうあの船の乗組員だよ」

「マジっすか！」

「マジっすよ」

乗組員と言った時のナナルちゃんの表情は生涯忘れないと思う。希望に溢れるような、認められた時の達成感が溢れるような。口元をむずむずとさせて今にも叫びそうだった。

「う、うちが船に……」

「嫌なら無理強《じ》いはしないけどね」

「セアねーちゃん……い、嫌なわけねーっす……。父ちゃんが死んでから、誰もうちを乗せてくれなくて……うっ、うっ……」

「泣かない、泣かない。サンマにはすでに塩を振ってるんだからさ。更にしょっぱくなっちゃうよ」

そう言ってナナルちゃんにサンマを渡した。泣きそうになりながらサンマにかぶりついて、もしゃもしゃと食べる。

「しょ、しょっぺぇっす……」

塩振りすぎたかも？　そう思って食べてみると、ちょうどいい塩加減だった。さすが秋の味覚、ガッツリいけるよ。

◆◇◆◇◆

「オーケー！　こっちだ、こっち！　その部位で最後か⁉」

今日も商業ギルドには活気が溢れていた。

ヒューマンフィッシャーの納品と査定で何人が動員されているんだろうか。ワイヤーみたいなもので吊るしながら運んだあと、数人がかりで仕分けしている。

改めて見るとホント大きいね。東京ドームくらいの大きさはあるんじゃないかな。東京ドーム見たことないけど。

肉は各ブロックごとに分けられて次々とどこかへ運ばれていく。甲羅部分は防具だけじゃなくて薬なんかに使うらしい。

粉にして煎《せん》じて飲むと滋養強壮をはじめとして、あらゆる病に効くという。

あの甲羅はどうやって加工するんだろう？　ナナルちゃんの話では特別な魔道具で作業するらしいけど、想像もつかないな。

防具としての性能については、耐久は申し分ないけどやや重いのが欠点だとか。それでも重戦士みたいな人には人気で供給が追いつかないらしい。

その証拠にどこで話を聞きつけたのか、多くの冒険者がヒューマンフィッシャーの仕分け作業を見物していた。すでに中には買い取りを希望している人までいて、素材の状態でどうするんだろうと考えた。

「優秀な冒険者は素材を鍛冶屋に持っていって武器や防具を特注で作ってもらうっす」

「はぇぇー、意識高いなぁ。やっぱり戦いを生業《なりわい》としている人たちはそこまでやるんだね」

「セアねーちゃんがおかしいだけっすよ……。素手であんなもん討伐できる奴なんて聞いたことないっすから」

「うーん、私も何か考えようかなぁ」

――おそらくそのままでも魔物と戦えるにゃん。

――どんな武器を持つよりもその体が一番強いにゃ。

猫神様の言葉を思い出した。神様が言うんだから、私が武器を持っても意味がない？　武器はともかく防具くらいは持っておいたほうがいいかな？

こういうの相談できる相手がいればな。あ、１人いるかも。しかもあそこにディオルさんがいた。

「セ、セア……お前、まさかあれをやっつけちまったのか？」

「わお、向こうから来たよ」

「向こうから？」

「ごめん、なんでもない。やっつけたっていうか、岩にぶつかって死んじゃったんだよ」

何言ってんだこいつみたいな顔をされて、言った直後に後悔した。

だってナナルちゃんの話によれば、こんなもん素手で討伐できる奴はいないんでしょ？

だったらより現実的にありそうなことを言ったほうが話が進む。

「セア、一緒に冒険者をやらないか？」

「これ、たぶん私の直前の発言がなかったことにされてる」

「だってお前、ヒューマンフィッシャー討伐なんて3級以上の冒険者が大規模なパーティを組むのが当たり前なんだぞ……。セア、お前は何者だよ」

「た、旅の武闘家だよ」

そういうことを聞いてるわけじゃないのはわかってる。ディオルさんが聞きたいのは、どうやってその強さを身に着けたかってことだ。

思えば前の世界でも私は並外れた身体能力を持っていたけど、セーブして生きていた。小学生の時にいじめっ子を殴り飛ばした時からかな。体育の授業や柔道部の部長を投げ飛ばした時すら抑えていた。

この世界に来てから、やたらと解放的な気分になって存分に力を発揮できている。何者かと言われても私が聞きたいくらいだ。神様でさえ知らなかったんだから、わかるわけない。

「セア、実は噂になってるぞ。ここに集まってきた冒険者どもを見ろ」

「もしかして私目当て？」

「全員じゃないが、一部はそうかもな」

「なんか見られてるなぁ」

強面《こわもて》の男たちがまるで強者を見るかのように鋭い視線を送ってきている。

でも普通に考えてあんな筋肉モリモリの男たちが私みたいな女に注目するとか、別の理由がありそうだけどな。

まぁ自分でもスタイルは悪くないと思う。顔だって美香と比べなければ並みだ。告白された経験だってゼロだよ。

美香曰く、私みたいなゴリラ女に告白する物好きはいないらしいからきっとそうなんだろう。ゴリラはゴリラらしく野生で自由に生きるよ。

「中には『手合わせを願おう』なんて言い出しそうな奴もいるから、せいぜい気をつけろよ」

「やだなぁ。そんなのゴリゴリマッチョ同士でやってよ」

「そうっす！　セアねーちゃんは武闘家っすよ！　手合わせなんかやるわけねぇっす！」

ナナルちゃんのアシストに涙が出そう。

武闘家ならむしろ手合わせするんじゃないかなって思うけど、私を思ってくれてのことだ。

この子はちょっと荒っぽいところもあるけど根は優しい。

そんなことをやっているうちに査定員がやってきた。査定額が書かれた領収書みたいなものを持っている。

「お待たせしました。こちらが本日の査定額です」

「一、十、百……桁がすごい……」

「今回、セアさんが討伐したヒューマンフィッシャーは近海を荒らしていた個体と同一でした。冒険者ギルドでも近々レイドクエストとして発表される予定だったようですね」

「レイドクエスト？」

「大規模討伐ですよ。１人や２人じゃ手に負えない魔物に対して多くの冒険者が集まって討伐するんです」

そうか、それじゃ岩にぶつかって死ぬのはだいぶ無理がある。そりゃ査定額も数千万になるよ。ホワイトマグロ何十匹分かな？

「おい、セア。見ろよ。早くもお前が討伐したヒューマンフィッシャーが競りに出されてるぜ」

「ホントだ。とんでもない額が次々と叫ばれている……」

「どこの店でも滅多に出ない珍味だからな」

「そっか。とっておいてよかったなぁ」

「ん？」

実はナナルちゃんに言われて、おいしい部分は残してある。私はお金よりもグルメだ。話を聞く限りでは味は淡白らしいけど、あとで食べてみよう。やだ、それでも涎が出てきそうになる。

「おい、涎が出てるぞ」

「おっと……」

ディオルさんが珍味とか言うから想像しちゃったじゃん。今日の昼食は決まったようなものだ。

午後からはナナルちゃんのお父さんについて聞き込みをしよう。もちろん本人には内緒でね。

◆◇◆◇◆

「じゃあ、お留守番を頼むよ」

「うっす！」

買い物へ行くとナナルちゃんに告げて、私は港町へと向かう。私がいない間に船内の掃除をお願いしたら張り切ってたな。

元々船乗りになりたくてしょうがない子だったから、船内の仕事を任されて嬉《うれ》しいのかもしれない。

さて、私がナナルちゃんを置いてきたのは理由がある。ナナルちゃんのお父さんについて調べるためだ。子どもの前で死んだお父さんのことを聞いて回るわけにはいかないからね。

ナナルちゃんのお父さんが生きているかもしれないなんて私の妄想だ。限りなく可能性はゼロに近いけど、このままじゃあの子が不憫《ふびん》だという気持ちが強かった。

誰もあの子のお父さんがハッキリと死んだところを目にしていないなら希望はある。さっそく海の男たちに聞いて回ろう。

ところが声をかけようとしたらあまりに忙しそうだ。本当はラギさんがいればいいんだけどな。じゃあ、どうするか？　こうする。

「あの、積み込み作業を手伝いましょうか？」

「あぁ!?　なんだぁ……ん？　おめぇ、もしかしてヒューマンフィッシャーを狩ってきた小娘かぁ！」

「あれは岩にぶつかって死んじゃったんですよ。それより手伝いましょうか？」

「んなわけねぇだろうが！　そんなもんで死ぬなら山ほど多くの船乗りを飲み込んでねぇぞ！」

「勝手に手伝いますから、終わったら質問に答えてね」

荷物をひょいっと持ち上げて勝手に船内へ運ぶ。何が入ってるか知らないけど、この程度なら3箱まとめて持てる。

ダッシュで往復して荷物の積み込みを始めた。

「この箱は奥のエリアでいいんですか？」

「あ、あぁ……」

指定された船内のエリアに次々と積み荷を置くと、今度はコンテナサイズの箱だ。魔道具で吊るして甲板に載せるみたいだけど、あれじゃちょっと遅いな。いちいち魔道具の座標を合わせてからコンテナに引っかけないといけない。

「この大きいコンテナみたいなのは甲板？」

「あ、あぁ……」

自分の体より大きいコンテナ風の箱は少し斜めにしてから、下から持ち上げた。両手で頭上に上げてしゃがんでからのジャンプで甲板に乗る。何が入っているか知らないけど、さすがに結構重いなぁ。

　いくつかのコンテナを同じ要領で甲板まで運ぶと、港にある積み荷はなくなっていた。そこそこいい汗かいたな。

「これで最後みたいですね」

「あ、あぁ……」

「ところで聞きたいことがあるんだけど、いい？」

「あ、あぁ……」

　なんかずっと同じ返事してない？　船乗りたちの仕事を終わらせちゃったから、手持ち無沙汰になっちゃったか。

　でもこれであとはお酒でも飲んで過ごせるだろうから、いいことをしたあとは実に気分がいい。

「ちゃんと聞いてます？」

「な、なんでも質問してくれ」

「ナナルちゃんって子を知ってます？　あの子のお父さんについて聞きたいんです」

「バーゼンのことか。思い出すだけでムカつくんだよなぁ……」

「は？」

「あの野郎！　賭けで勝ち逃げしやがって！　クソッ……！」

船乗りが気落ちしたように呟く。他の人たちもかなり沈んだ雰囲気だし、バーゼンさんの死は今でも悔やまれているわけか。

「バーゼンさんは慕われていたんですね」

「あの野郎ほど腕と面倒見がいい漁師はいなかった。それがいつものように漁に出たっきり、帰ってこなくてな」

「帰ってこない……となると行方不明？　死んでいるところを誰かが見たわけじゃない？」

「馬鹿野郎。船乗りが海から帰らないってことはそういうことなんだよ。そんな奴は珍しくねぇけど、まさかあのバーゼンがな……」

前日もバーゼンさんは多くの人と話していたけど、様子がおかしいわけでもなかったらしい。当日の海は大荒れというわけでもなく、ただ帰ってこなかった。そもそも腕がいい漁師ほど天候の変化には敏感だ。絶対に船を出しちゃいけない日には出さない。

つまり誰もが疑いようがない晴天だったということ。なるほど、これは確かにおかしい。

「バーゼンさんが向かった海域はわかってるんですか？」

「さぁな。あいつ、そういうのは絶対に喋らなかったからわからん。無理に聞き出そうとすると怒り出すんだ」

バーゼンさんは秘密主義というか、自分の仕事上の手柄を他人に見せないタイプかな。例えば料理人でも秘伝のタレを作ったり、素材を秘密にしたがる人がいる。

でも娘には甘かったのかもしれない。あの入り江はバーゼンさんが見つけた漁場の一つだと思う。そうなると結局、一番詳しいのはナナルちゃんということになる。あの子なら他にも父親から教えてもらった漁場を知っていそうだ。

「ところでなんでお前はそんなことを聞くんだ？」

「ナナルちゃんが私の船の船員だからです。わずかにでも可能性があるなら、あの子に心の底から笑ってほしいと思ってます」

「そういえば、ヒューマンフィッシャーの時もいたか……。どうだ？　迷惑かけてないか？」

「迷惑どころか、めちゃくちゃ優秀ですよ。あの子を船に乗せなかった船乗りはそのうち後悔しますね」

船乗りたちはどこか納得したようにフッと笑った。あの洞察力は私も頼りにしている。

【鑑定】はあくまで物だとか、対象物に限定されているから、きっと知識面でもお世話になる日がくるはず。

「オレたちじゃ大したことはわからねぇ。もしバーゼンが生きてるかもしれねぇってんなら、普通の漁師じゃ考えつかないものだろうな」

「どういうことですか？」

「海ってのはとてつもなく広くて深いんだ。長年にわたって船乗りをやってるオレたちですら知らないことがたくさん起こる。だから他に詳しい奴がいるとしたら冒険者辺りだろうな」

「あ、そうか。あの人たちの中にはいろいろなところを旅している人もいるか」

「他にオレたち以上に海のことに詳しい人間と言えばボフスじいさん……ナナルの祖父だな。オレたち船乗りにとっちゃ神様みたいな人だよ」

そういえばナナルちゃんはおじいちゃんと二人暮らしをしていると言っていたっけ。冒険者もいいけど、そっちも当たってみる価値はある。

「ボフスさんの家の場所を教えてもらえますか？」

「ナナルからは聞いてないのか？」

「聞く機会がないので……」

「そりゃそうか。じゃあメモに書いておいてやるよ。それとだな……」

船乗りがグイッと顔を近づけてきた。ちょ、近いって。

「丸一日かかる積み荷の運び込みをたった1時間で終える……ヒューマンフィッシャーを単独で討伐……。お前、何者だ？」

「ありがとうございました。ではさようなら」

「お、おい！」

そういう追及はまだ今度ということで。私はダッシュでその場を離れた。

◆◇◆◇◆

ナナルちゃんのおじいさんであるボフスさんが住んでいる家は港町郊外にあった。

ボロ家と言ってただけに、その外観は想像以上に年季が入っている。所々に破損した部分に木製の板を張り付けてあって、トタン屋根みたいなものが乗っかっている。ナナルちゃんのおじいさんの家じゃなかったら一生訪ねなかっただろうな。

おそるおそるノックすると耳をつんざくような音を立ててドアが開く。そこにいたのはなんの変哲もない老人だった。

「なんだぁ？」

「私、セアって言います。ナナルちゃんのお友達です。あなたがボフスさんで間違いないですか？」

見た目にそぐわぬ鋭い眼光だな。さすが海の男たちが神と崇める元伝説の漁師、威厳は衰えてないってわけか。

「ナナルのダチだと？　そういや、あいつはどこをほっつき歩いてんだ？」

「今は私の船でお手伝いをしてもらってます。本当は早くお伺いすべきだったのに遅れてすみません」

「ほぉ、その歳で船たぁ上等じゃねえか。話があるなら上がれ」

「どうもです」

　意外とすんなり入れてくれたな。見た目の雰囲気からして激怒して追い出されるイメージしかなかった。家の中に上がらせてもらうと、テーブルの上に酒瓶がいくつもある。

　それに付随するかのように小鉢もいくつかあって、たぶんこれはつまみかな。昼間っからこんなに飲んだくれるとは、今は立派にご隠居してるってわけか。そんな私にボフスさんが睨みを利かせていた。

「ガキのくせにやけに目を配るじゃねえか。別に何もねぇよ」

「あ、いや。別に……」

「お前、只者じゃねえな。さっきからまったく隙がねぇ」

「そんなもんですかね？」

「お前よ、俺がただの飲んだくれジジイだと思ってんだろうが、それなりに場数踏んでんだよ。見りゃ、そいつがどんなもんか大体わかる」

へぇ、バトル世界に生きる人だったのか。確かにこの人は衰えているとはいえ、背筋もピンとしているし足取りも確かだ。漁師の神様だけあって海の魔物と渡り合うだけの実力はあるってことだね。

ボフスさんが奥から新しい酒瓶を持ってきて開ける。グラスに注いでくいっと飲んでから、また私をジロリと見た

「伝説の漁師なんて呼ばれちゃいるが、今は引退して老後生活中だ。唯一の楽しみがコレさ。酒はうまいが、これに合うつまみがなかなかなくてな」

「はぁ……私、お酒は飲まないのでその辺は……」

「お前ならいけると思うがな。病気一つしたことないだろ？」

「いけるとかじゃなくて、いろいろと問題が……」

病気一つしたことないってまさかこの人、私の体を見抜いた？　どういう眼力してるんだろう。

「見た感じ、冒険者でもなさそうだな。そのくせ、ぶ厚い鎧を着てやがる」

「鎧？　私が？」

「そう、とんでもなく厚くてどんな銛でも貫けやしねぇ鎧よ。その辺の奴にはただの小娘に見えるだろうがな。だから余計に正体を曇らせる」

「はぁ……」

ナナルちゃん、とんでもない人と一緒に住んでいるんだな。ボフスさんが見透かした私を酒の肴《さかな》にでもしているかのようだ。まさか私をつまみにしてるんじゃないよね。

「ナナルの奴は元気か？」

「はい。こっちが世話になるほど有能ですよ」

「だろうな。だがどいつもこいつもアレを船に乗せなかった。親父に対して引け目を感じてやがるんだ。娘まで船に乗せて死なせるわけにはいかねぇってな」

「ナナルちゃんのお父さんは航海に出たっきり行方不明になったみたいですね」

「海に食われたんだよ」

ボフスさんが声を低くしてそうつぶやいた。なんてことないセリフだけど妙に説得力を帯びている。

海に食われた。それが単なる飲んだくれの戯言《ざれごと》じゃないことはなんとなくわかった。

「海に食われたというのは……つまり、沈んだとかそのままの意味じゃないですよね？」

「勘がいいな。が、オレにも詳細はわからん。海域と怪奇、字面と同じで似てやがるんだ。海はあらゆる方法で人を食う」

「と、いうと例えば？」

「昔から海で人が消えたらこう言われている。海王に食われたってな」

海王。もしここがファンタジーな世界じゃなかったら、ただの迷信だと思っていた。だけどもしそのままの意味だとしたら？

「オレは漁師の神様なんて言われてるが、たまたま海王に気に入られなかっただけだ。だから長年、漁師をやってられた」

「その理屈で言えばナナルちゃんのお父さん……バーゼンさんは海王が食べるほどの人だったと？」

「あいつの腕はオレを超えていた。食われたか嫌われた知らんが、目をつけられちまったならそういうことだろ」

「でも海王なんて本当にいるんですか？　誰か見たとか？」

「知るか。もう海に出る気も起きねぇしどうでもいい。最高の酒の肴がいなくなっちまったんだからな」

それはバーゼンさんのことかな？

ナナルちゃんのお父さんが海に出ることによって、ボフスさんも嬉しくて漁に精が出た。息子が頑張る姿が自分にとっての原動力だった。そういうこと？

「もしかしてあいつの消息を追ってんのか？」

「はい、もしバーゼンさんが生きていたらナナルちゃんも喜ぶかなって……」

「途方もねぇ話だな。知らないガキのためにそこまでするってか」

「私は両親に恵まれなかったから、せめてナナルちゃんにだけは幸せでいてほしいんです」

ボフスさんが残ったお酒を飲み切った。顔を赤くしてつまみに手をつけようとしたけど、すでにない。つまみ、か。

「ボフスさん。お酒のつまみなら、せめてこれはどうです？　イカの塩辛っていうんですけど、くせになりますよ」

「イカの塩辛だぁ？　なんだそりゃ……」

「港町で外食していると当たり外れが大きくて……。だからビン詰めにしたこれと一緒に食べて気を紛《まぎ》らわせてるんです」

「ほう、どれ……」

ボフスさんがイカの塩辛をくにゅくにゅと噛む。それからすぐにグラスに酒を注いだ。

「んん！　こりゃ塩辛ぇな！　バカじゃねえか！」

「口に合いませんでした？」

「オレは好きだ！　最近はこういう尖ったつまみがなくてな！　嫌いな奴は食うなって気概をビリビリと感じるぜ！」

「よかった。気に入ったのならこれ差し上げます」

「バカ野郎！　無料で受け取るとでも思ったか！　待ってろ！」

ボフスさんがタンスの引き出しを開けて、お金を鷲掴《わしづか》みにして持ってきた。なかなかの額で受け取るのに躊躇《ちゅうちょ》してしまうほどだ。

「こいつを持ってけ！」

「多すぎません？」

「いいものに大金を出して何が悪いってんだぁ！　小娘が一丁前に遠慮なんかしてんじゃねぇぞ！」

「あ、はい」

そう言われたらもう何も言えない。思わぬ臨時収入として受け取っておこう。お酒は飲んだことないけど、まさか塩辛が合うなんてね。

私はどちらかというとご飯に載せて食べたほうがおいしいと思う。でも食べ方なんて人それぞれだ。

ボフスさんは、酒が進むらしく塩辛をかなり気に入ってくれた。

「なぁ、今度これの作り方を教えやがれ。な？」

「いいですよ。ナナルちゃんと一緒に作りましょう」

なんだか縁ができてよかったな。気難しそうなおじいさんだけど、話してみると豪快で面白い。

願わくばこの場にバーゼンさんがいてくれたら、と思う。

第四章　シェル島への航海

ボフスさんの家を出て私が向かったのは港町の一角にある武器屋だ。ナナルちゃんに言っていた買い物というのはこれだったりする。猫神様が言うには私の拳や体以上に強い武器なんてない。

だけどこの異世界にはヒューマンフィッシャーなんて恐ろしい魔物がいる。この世界で暮らし続けるなら、いずれあれ以上に凶悪な魔物とも戦わないといけない。猫神様を疑うわけじゃないけど、そうなった時に戦いの幅を広げなくていいのだろうかと思った。

それに武器といってもいろいろある。見ていると剣や槍《やり》といったオーソドックスなファンタジー武器からグラブといった手にはめるものまである。

私に剣や槍が扱えるとは思わないけど一応、手に取って確かめてみた。ディオルさんは巧みに剣を使ってスピアフィッシュを斬っていたな。

剣といえば一度、剣道部に体験入部した時を思い出す。竹刀《しない》で面や胴など特定の箇所を叩けばいいというから叩いてみたら、竹刀ごと壊れるわ、防具をつけた対戦相手の中の人が気絶するわで大騒ぎだったな。

幸い剣道部の存続がどうとか言ってあの件は内密に処理されて助かった。あれ、防具がなかったらどうなっていたんだろうな。

でも今はとりあえず武器を見よう。そう考えると防具は確かに重要だ。

【鑑定】をしてみると、どうやらどれも良質な武器みたいだ。

「その剣が気に入ったのかい？」

「あ、ちょっと試しに持ってみただけです」

武器屋のおじさんが話しかけてきた。

買うつもりがないのに話しかけられると妙に気まずいのはどこの世界に行っても変わらない。

「見たところ冒険者デビューかな？」

「そうじゃないんです。ちょっと護身用にどうかなと思っただけです」

「そうか。でもその剣は君の体格と比べたら大きすぎるかな」

「確かにそうかも……」

剣を持ってみた感想だけど、そうは思わない。むしろ軽すぎて武器としての役割を果たせるのかが心配だ。

それにこの剣を持ち運ぶには鞘《さや》に入れて腰か背中に装着しないといけない。戦う際にかなり邪魔だな。

考えてみたら海の中で戦うのにこんなものつけていられない。いや、海の中での戦いまで想定するのはさすがに武器に対して酷か。

「これ、試し切りみたいなのできます？」

「あっちに素振りのスペースがあるからどうぞ」

案内されたところは十分な広さが確保された部屋だった。壁には所々切り傷や崩れかけた部分があって、かなり年季が入っている。

私はその壁を撫でた。そこには一際《ひときわ》目立つ大きなえぐれた跡がある。

「その大きい跡はディオルという冒険者がつけたものだよ。この港町でも数少ない2級冒険者だ」

「ディオルさんがこの硬い壁を剣で……」

「知り合いかい？」

「まぁちょっと……」

「彼の手にかかればどんな剣でも岩だろうと斬る。一流は武器を選ばないんだ」

確かに剣でこの壁をえぐるように斬るのは並みの芸当じゃない。試しに私も剣を振ってみたけど、剣のほうが折れる気しかしなかった。

見様見真似《みようみまね》でディオルさんみたいに振ってみても、しっくりこない。

「すごい力だねぇ。空を切る音がびゅんびゅん聞こえてくるよ」

「なんだかちょっと疲れます……」

「そりゃ無駄な動きが多いからね。ディオルと比べると雲泥《うんでい》の差だ」

「やっぱりそうか」

この人も達人みたいなことを言うか。よく見たら体つきもいいし、腕に切り傷が目立つ。これは戦いを生業としていた人間の可能性が高い。

それはそうと私にはいわゆる武器の熟練度が足りない。

いくら強い剣を持っても扱う技量がないから無駄な動きをして体力を消耗してしまう。それに何度か振ってみたけど、どうも頼れる部分がわからなかった。

例えばこれで本当にヒューマンフィッシャーを斬ることができるのか？　普通に殴ったほうが強いんじゃない？　と、猫神様の言ったことが真実味を帯びてくる。

とはいえ、武器が悪いわけじゃない。現にディオルさんは武器を選ばず最大の力を発揮するらしいし、技量と練度の問題だ。

仮に私が剣の達人を目指すとして、どのくらいの時間がかかるか検討もつかない。

自分の勘を信じるなら、私は拳を使って戦ったほうがいいということだ。

「念のため槍や斧《おの》も使ってみます」

「あぁ、構わないよ」

「この斧、すごいですね。私の背丈くらいありますよ」

「それを扱える奴は滅多にいないね。ただし体格さえあれば一騎当千《いっきとうせん》の力を発揮するだろう」

そういえば冒険者の中にこのサイズの斧を背負っている人がいたな。ああいう人からすれば、私みたいなのはこの斧みたいに両手で持ち運べるのかしれない。

私はまず槍を持っていって突いたり振ってみた。

「なんか使いにくい……」

「剣とは違った技術が必要になるからね」

「そうじゃなくて、これなら蹴ったほうが強いかなって……こんな風に」

ヒュッと蹴りを放つと壁に亀裂が入ってしまった。いや、当ててないからね。

「……魔法かな？」

「いえ、たぶん物理です」

微妙に達人オーラを出していた店主のおじさんが引いている。剣を振った時にこんなことにならなかったということは、やっぱり私の拳と足のほうが強いのか。

続いて斧を持ってみると、これはこれで重量を感じる。振ってみた感触としては剣よりも重さが乗って威力が出た。ただし振ったあとの隙が大きいかな。一撃必殺のコンセプトを意識して使わないと厳しい武器だ。

「武器それぞれに特色があるんだなぁ。これらを使いこなす冒険者はそりゃ強いよ」

「私は君の蹴りのほうが強いと思うけどね……。いや、これホントどういうこと？」

「老朽化しているとか？」

「だとしたらそろそろ建て替えないとなぁ」

武器屋のおじさんが亀裂を撫でている。築年数が経っていそうだから、必ずしも私の蹴りだけが原因とは限らない。そういうことにしておいて。

「じゃあ、このグラブとかいうのは私にピッタリかな」

「あ、もう少し離れてお願いね」

「はい……」

やだなぁ、もう。また亀裂を入れるとでも？　いくら私でもそう何度もそんな離れ業なんか披露できないって。

こんな風にシャドーボクシングをしても壁は無事だ。

「ていっ！　そりゃっ！　おりゃぁーーーー！」

気合いを入れてパンチを放ったと同時にグラブがブチッと音を立てた。次の瞬間、バックリと割れて私の拳が露《あらわ》になる。

「……おやおや」

「老朽化しているとか？」

「拳速でグラブを突き破る人間なんて初めて見たよ……」

「やっぱりそういう解釈になっちゃいます？」

私の頭の中に弁償の二文字が思い浮かぶ。これ、いくらくらいなんだろう？

そう思ってお金を確認しようとした時、店主が止めた。

「弁償なんていらんよ。悪いのはそんなグラブを作った奴さ」

「そういう解釈になっちゃいます？」

「使い手を守れずに壊れる武器に存在価値なんてない。不良品を処分してくれて助かるよ。私もすっかり目が曇ったものだ」

「いえいえ、さすがに買い取りますよ」

「いいんだ。代わりといってはなんだが、面白い話ができるようになったからね」

それってつまり私を話のネタにするってことだよね。

弁償するよりはマシだけど、変な噂が流れたりしない？　大丈夫？

今の私に武器はいらないという猫神様の発言を再確認した1日だった。

ナナルちゃん、お腹空かせてそうだな。今夜は焼肉でもしよう。

◆◇◆◇◆

「よう、遅かったじゃねえか」

「ボフスおじいさん⁉」

武器屋から船に戻るとボフスさんが甲板のビーチチェアでくつろいでいた。ナナルちゃんと一緒にサクランボ入りの炭酸ドリンクを飲んでいる。短パンで上半身裸、黒いメガネとなかなかファンキーなおじいさんだ。

私がボフスさんの家を出てからここに帰るまで、たぶん2時間くらいだったかな。

その間に私の船を特定したってこと？　さすが漁師の神様はなんでもお見通しってことか。

ということは私がなんの目的で動いているのか、すでにナナルちゃんに知られているかもしれない。

「セアねーちゃん、おじいちゃんの家に行ったみたいッスね」

「ま、まぁね」

「いなくなった父ちゃんを探しているなんて嬉しいじゃないッスか」

「やっぱりボフスさんから聞いたんだ……」

いつまでも隠し通せることじゃないし、先に言ったほうがよかったかな。私としては最終的に死亡が決定した際にぬか喜びさせちゃうから、言いたくなかったんだけど。

でもその明るい表情に偽りはなさそうだから、これはこれでいいのかも。

「ナナルちゃん、その……お父さんが見つからなくてもね」

「いいッスよ。ダメ元って気持ちは変わらないッス。それにセアねーちゃんがうちのために何かしてくれたのが嬉しいッス」

「ナナルちゃん、いい子！」

「ぎゅむっ⁉」

あまりに健気《けなげ》で抱きしめてしまった。力が入りすぎると大変なことになるから加減が大切だ。

それでも解いた時にはヘロヘロになったナナルちゃんが甲板にへたり込む。

「へろ……へろ……」

「ごめん、ごめん。でもこれからは一緒に探そうね」

「とーぜんッスよ！　身内のことを他人に投げっぱなしなんてできねぇッス！」

「年齢にそぐわないしっかり者ぉ！」

「むぎゅっ⁉」

二度目の抱擁《ほうよう》はさすがにきつかったかな。またもヘロヘロになったナナルちゃんをちゃんと座らせてあげた。

この歳でこれだけしっかりしているのは間違いなく家族の影響だろうな。あそこでドリンクをおいしそうに飲んでいるおじいちゃんとかね。そのボフスさんがサクランボの種を飛ばしてから、ビーチチェアに座り直す。

「ところでボフスさん、どうやってこの船を特定したんですか？」

「舐めるなよ。こちとら港に停泊してある船くらい把握してんだ。見慣れないもんがあったらそれがお前の船だろうよ」

「恐れ入りました」

「で、セアよぉ。お前、本気でバーゼンの奴を探す気か？」

漁師の神様が遠慮のない威圧的な眼差しを向けてくる。

これは試されているな。何せ自分の大切な孫娘にも関わることだ。もしかしたらそれを考えて先にナナルちゃんに私がやろうとしてることを告げたのかもしれない。

「お孫さんをお預かりする以上は本気ですよ」

「……だったらやってもらわなきゃいけねぇことがある」

ボフスさんが鋭い目を向けてきた。

どう見ても細身の老人なのに、その体型に似つかわしくない雰囲気だ。漁師として踏んだ場数、それは海という大自然と何十年も付き合ってきた経験を意味する。

そんな人が私に何をやってもらうのか。大切な孫娘を預けるに相応しい力を見せろなんて展開も考えられる。

「何をやればいいんです？」

「イカの塩辛だ」

「は？」

「イカの塩辛の作り方を教えやがれ！　こんなジジイにあんなうまいもん食わせやがって！これじゃいつ死にゃいいんだ！　そもそも約束しただろうが！」

そういえばそんな約束をしていたな。覚えているとはさすが漁師の神様、生きる伝説。

「セアねーちゃん、イカの塩辛ってなんのことッスか？　まさかうちに隠れてうまいもん作ってたッスか？」

「割と尖ったものだからナナルちゃんにはどうかなーって思ってね」

「そんなもんうちが食べて判断するッス！　ぜひ教えてほしいッス！」

「わかった。じゃあ、今から作るから待っていてね」

食料庫に保管してあったイカを持ってきてまな板の上でさばく。

イカの身をワタごと塩漬けにして水分を飛ばす必要がある。本来は1日ほど待つ必要があるけど、熟成ボックスの隣にある乾燥ボックスに入れる。

ワタを洗って塩を落としてから慎重にかき出すようにして取った。かき出されたワタはいい感じに塩味がついていて、これとイカを混ぜ合わせて完成。

「はい。本来は丸1日かかるんだけどね」

「ほ、ほわわぁ……」

「どうしたの、ナナルちゃん」

「これ、本当に塩しか使ってないんスか。ごくり……」

イカの塩辛でここまで目を輝かせて涎を垂らす女の子もなかなかいないと思う。

その隣でまったく同じように見つめているご老人がいた。さすが同じ血が流れているだけあるな。

「うむむ！　なるほど、ワタを使うのか！　見る限り、かなりの塩が使われているな！　なるほど、尖るわけだ！」

「これ、白米と合わせるとかなりおいしいんですよ」

「白米だとぉッ！」

「リアクションがすごい」

残念ながらお酒はないので、ご飯をよそってあげた。

湯気が立った炊き立てのご飯にイカの塩辛を載せると、私もお腹が空いてくる。ええい、いっちゃえ。

「で、ではいただくぞ……むぅあぁっ！」

「はむっ！　うりゅあっ！」

2人してよくわからないリアクションをして、要するにおいしいってことかな。

2人が次々と口に塩辛とご飯をかきこんで、一瞬で平らげてしまった。わかるよ。塩辛ならご飯が何杯でもいけるよね。あぁ、おいし。

「これほどメシに合うとは思わんかった！　何より歯ごたえのあるイカと柔肌のような食感が入り混じって、まるで飽きさせない！」

「うちは柔らかいイカが好きっす！」

「ナナル！　お前はこの船で毎日、こんなうまいもんを食うのか！」

「そうッスよ」

ナナルちゃんがそう答えると、ボフスさんがビーチチェアからずり落ちた。

いちいちオーバーなんだよなぁ。ボフスさんのためにまたビン詰めにして渡しておくか。

「……セア、お前にならナナルを任せられる」

「娘を嫁がせるかのような言い回しだなぁ」

「バーゼンがいなくなったあと、男手一つでナナルを育てた。母親はナナルを生んですぐに死んで、思えば荒波のような人生だった」

「じゃあ今は凪《なぎ》ですね」

「あぁ、絶好の出港日和だ」

ボフスさんがいい顔で親指を立てた。かっこいい流れになってるけど、イカの塩辛で餌付けされたと言えば格好がつかない。

まぁでも、わかるよ。このおいしさはなかなか代用が利かない。間違いなくご飯のお供ランキングベスト５に食い込む。

◆◇◆◇◆

ナナルちゃんのお父さんの行方なんて漁師の神様でも知らない。かといってがっついて動き回って探したところで見つかるはずもない。だから焦らずじっくりと楽しみながら探すというスタンスだ。

せっかくの自由な異世界生活、苦しみながら生きるなんてもったいないからね。ナナルちゃんもそこはわかってくれたからありがたい。

とは言ってもお気楽にやるつもりもないから、私のやりたいことをやりつつ探す。

今日は冒険者ギルドに用があってやってきた。初めて訪れるここはイメージとだいぶ違う。無骨な男たちが怖い顔をしてテーブルを囲んでいるみたいな雰囲気はない。

むしろ一般の人たちが受付を待って座っていた。こういうところは銀行とか役所みたい。

一方でちらほらと冒険者の姿もあって、爪とか牙を別の窓口に渡していた。

「あれはたぶん討伐証明ってやつだよね。いくつあるんだろ」

「そうッス。畑を荒らす害獣から人を襲う魔獣まで幅広く討伐依頼があるッス。それと採取依頼や生態調査なんかも人気ッスね」

「恐ろしい仕事の目白押し……私ならやりたくないな」

「どんな冒険者だって海に潜ってヒューマンフィッシャーを単独で討伐なんてしたがらねぇッスよ。ていうか無理ッス」

「あれはまぁ、その時の勢いだからさ。じゃあ討伐してきてくれって言われたら断るよ」

そう、のこのこと疑似餌に騙されて仕方なく戦っただけだ。仕事にするということは覚悟を持ってやらないといけない。私はそういうのとは無縁な生活を送りたいから、冒険者はできないな。

ナナルちゃんの説明によると冒険者にはそれぞれ等級がある。1級から5級までに分かれていて、等級が高いほど危険で報酬がいい仕事がもらえる。ディオルさんは2級だったかな。

「セア！　セアじゃないか！　ようやく冒険者をやる気になったか！」

「思えばなんとやら……その気はないんだって」

仕事から帰ってきたらしいディオルさんとその他冒険者たちが入ってきた。

他の冒険者たちは擦り傷らしきものが目立つけど、ディオルさんはほぼ無傷だ。等級の違いでここまで差が出るものなのかと感心した。

そんな風に観察していると1人の冒険者が私に顔を近づけてくる。

「なぁに見定めてやがるんだ？　おい、ディオル。こいつがお前が言ってたおもしれー奴か？」

「そう、あのヒューマンフィッシャーを1人で討伐した奴だよ。商業ギルドのほうでも噂になってたな」

「信じらんねーな……」

目つきが悪くて髪を逆立てた冒険者が私に挑戦的な眼差しを向ける。張り合う気はないから放っておいてほしいな。

それに隙だらけなのが気になる。もし私がここで腹パンしたらどうするんだろう？　挑発的な態度を取るなら、それくらい警戒すべきだ。

それにこの人はボフスさんと違って私を軽く見ている。つまりその時点で力量の差が明確だ、じゃなくて。なんでバトルキャラみたいな考察をしているんだか。

「すまんな、セア。こいつはジンガといって悪い奴じゃないんだが、ちょっと戦いたがりなところがあってな」

「私はそっちの世界の住人じゃないからなぁ……」

大きい槍を背負ったジンガという人は私から目を離さない。その獰猛《どうもう》そうな見た目と相まって、実に似合った武器だ。

「で、なんだって冒険者ギルドに？」

「私が知りたい情報を探しに来たんだよ。冒険者は情報を持っていることが多いらしいからね」

「そうか。それはいい心がけだな。だったら共に行動するのが手っ取り早い」

「すぐ冒険者に誘導するのやめて。情報を得る依頼をしにきたんだよ」

私はどちらかというとお客さん側だ。ナナルちゃんのお父さんの目撃情報やボフスさんが言う海の怪奇。

多くの情報が集まれば行動範囲がグッと広がる。それを知っているのがいろんなところに行っている冒険者だ。ボフスさんが言った通り、冒険者を当てにしない手はない。

「それはガセ情報との選別が難しいぞ」

「ほぼガセだと思って集めてるから別にいいよ。元々途方もないことをやろうとしているからね」

「そりゃ結構だがお前、本当に冒険者をやる気はないのか？」

「ないない。仕事を請け負うみたいな義務感が嫌だからね。その点、ナナルちゃんのお父さん探しは私がやりたいからやっている」

「歳の割にませた考えしてやがるなぁ」

両親がアレだから必然的に社会に対するアンチ思考が生まれてしまったのかもしれない。

特に会社とか仕事という響きが嫌だ。いい成績をとっていい大学に入っていい企業に就職することへの抵抗というか、意地でもそうならないって考えになってしまった。

「私としてはどんな仕事よりもナナルちゃんのお父さん探しが大切だと思ってるよ」

「ナナルの父親か……バーゼンさんはオレも世話になったからな。よく船に乗せてもらったよ」

「ディオルさんはバーゼンさんが生きていると思う？」

「正直に言って絶望的だろう……おっと」

ディオルさんがナナルちゃんを見て言葉を引っ込めた。私も無神経だった。

「そういうので気を使わなくていいって言ったじゃないッスか」

「いやいや、すまん。お詫びと言っちゃなんだが、オレにも手伝わせてくれよ」

「ディオルさんが？　マジっすか？」

「大した力にはなれないかもしれないけどな。ただオレもそれなりに冒険者をやってる身だ。知識も伝手《つて》もある」

「ありがてぇッス！」

ディオルさんが協力してくれるのは心強い。だけどジンガさん含めた他の冒険者はもちろん乗り気なわけない。

「ディオルよ、そんなもん引き受けて金になるのか？」

「ジンガ、お前は表面的な損得しか見えてないのが欠点だな。いいか？　あのバーゼンさんは生きる伝説と呼ばれた漁師だ。もしどこかで生きていたら、この港町にもたらす利益は計り知れない。町長から報酬が出るかもしれないぞ」

「た、確かにそうだが見つかるとはとても思えねぇよ」

「そりゃそうだ。どの冒険者に依頼したって断るだろうな。だからこそやってみる価値があるんだよ」

ディオルさんの言葉にジンガさんたちが納得しかけている。

バーゼンさんがこの港町に戻ってきた場合、発見の手柄を立てた人は称賛される。知名度が上がれば直接的な報酬はもらえなくても、それ以上の恩恵があるはずだ。ジンガさんたちも真剣に考えている。

別にこの人たちに頼んでないんだけど、メリット次第では協力してくれそう。そしてこの港町シルクスの町長から評価されて報酬が与えられるかもしれないというディオルさんの発言が決定打になったみたいだ。

「セ、セアとか言ったな。オレたちも協力してやるぜ」

「あ、はい。ありがたいです」

ジンガさんが照れながら協力を申し出てくれた。ディオルさん1人と出会ったおかげで思わぬメリットが生じたなぁ。やっぱり持つべきものは縁か。

ディオルさんたちが協力してくれることになって改めて自己紹介をしてくれた。

ディオルさんは説明不要の2級冒険者、この港町で5本の指に入るほどの実力者らしい。確か2級はディオルさんを含めて3人しかいないんだっけ。ということは最低でも上から3番目くらいには強いわけだ。

もう1人はディオルさんに戦いたがりと紹介されたジンガさん。年齢は20歳で等級は3級冒険者、槍で硬い筋肉の繊維を持つ魔物を強引に突くという。等級はディオルさんより下だけど、実力は2級に迫るとのこと。

「セア、オレと勝負しようぜ。お前、力には自信があるんだってな」

「いや、そんな情報どこにもないけど……」

「ディオルが言ってたぞ。お前が只者じゃないってな」

「只者じゃないのは認めるけど勝負との因果関係が見られないから却下」

こんな感じで何かと勝負をしたがるという。それは何も戦いだけじゃなくて、ゲームでもなんでもとにかく白黒つけたがる。私にも構わず勝負を挑みたがるほどだからよっぽどだよ。

最後の1人はガノックスさん。

年齢は24歳で等級はジンガさんと同じ3級だ。ボウズ頭で無骨そうな見た目をして、この中でもっとも体格がいい。筋肉モリモリで逆三角形の見事な上半身が形成されている。だけど驚いたことになんと魔術師だという。

「私は2人と違って魔術師をやっている。まぁ見た目でわかったと思うがね。ハッハッハッ！」

「そ、そうなんですか。すごいたくましく見えますね」

「いやいや、やめてくれよ。こう見えて昔は文学少年として近所でも有名だったんだ」

「そう、かな？」

こんな屈強な文学少年っている？　魔術師と言いつつ持っている武器はメイスという鈍器だし、普通に殴ったほうが強そう。

この中で最年少のディオルさんが一番小さく見えるな。３人並べてみると背丈のせいでデコボコトリオみたいになっている。

「セア、こんなオレたちだが協力させてもらう。と言ってもオレたちも大した情報は持ってないんだけどな」

「地道に足で探すしかないかぁ」

「いや、ボフスさんと知り合いならあの人に聞いたほうがいい。海のことであの人が知らないなら、誰も知らんだろうからな」

「でも何も知らなさそうだったよ？」

ディオルさんが言うにはバーゼンさんが消えた原因を探すよりも、海の怪奇のことを聞いたほうがいいらしい。

バーゼンさんが消えた日、天候は良好だったというから海の嵐に巻き込まれた可能性は低い。そうなると魔物かなんらかの事故の二択になる。

◆◇◆◇◆

ボフスさんの家に行くと、イカの塩辛をつまみにしてお酒を楽しんでいた。さっそく自作したのか、キッチンにはその形跡がある。

「ボフスじいさん、久しぶりだな」

「よう、ディオル。ついこの前までションベンまき散らしてた小僧がでかくなったもんだ」

「ま、まき散らしてはいねーだろ！　デタラメ言ってんじぇねぇよ、このジジイ！」

「でもスッポンポンで港町を走り回ってたじゃねーか。あれ、誰が捕まえたと思ってんだ？　俺だろ？」

ディオルさんが顔真っ赤になっている。親戚の前で子どもの頃のホームビデオを見せられた時の気持ちってこんな感じかな。

ボフスさんも悪気はちょっとしかないんだろうけど、えげつない。

「で、雁首揃えてなんの用だ？」

「じいさん、この辺で海の怪奇って何かあるか？」

「まさかお前らまでバーゼンを探そうとしてんのか？」

「あぁ、なんだか放っておけなくてな」

ボフスさんがしばらく考え込んだあと、グラスを勢いよくテーブルに置いた。赤い顔をしたまま私たちを見る。

「シェル島か」

「シェル島？」

「化け物貝しか生息していない島があるんだよ。昔はオウガイとかいう魔物から虹色真珠ってのが採取できるってんで噂になってな。一時期、馬鹿野郎どもがこぞって向かったもんだ」

「そんなやばい島にバーゼンさんがいるとは思えないけどな」

「話は最後まで聞け、ションベン小僧」

微妙にディオルさんの過去を刺激しつつ、ボフスさんは語ってくれた。

シェル島のオウガイが噂になった頃、ボフスさんが言う馬鹿野郎どもが躍起になった。虹色真珠があれば数代先まで遊んで暮らせるらしく、腕自慢の冒険者や船乗りたちがシェル島を目指しては行方不明になった。

シェル島自体は魔物が生息しているというだけの島だ。資源的な価値はないし、わざわざ近づく理由がない。ところがオウガイの噂がいつしか流れ始めて、金に目がくらんだ馬鹿野郎どもの様子がおかしかったそうだ。

「今思えばありゃ異常だったな。俺も当時は漁師仲間に誘われたよ。虹色真珠を採りに行かねぇかってな」

「ボフスさんは行かなかったんですよね？」

「当たり前だ、セア。大体オウガイなんて実在するかもわかんねぇ。誰が最初に言い出したんだか……」

「えぇ？　オウガイって実在しないんだ……」

当時は誰も見たことがないのにオウガイの名前だけが独り歩きしていたらしい。

その時の異様な様子をボフスさんは今でも覚えていた。誰もがまるで何かにとりつかれたかのようにオウガイと虹色真珠の話ばかりしていたとか。

だけどそれも50年以上も前の話でバーゼンさんは生まれていない。

いつの間にかオウガイの噂がピタリとなくなって今まで忘れていたらしい。だからバーゼンさんがオウガイに惹かれて行ったとは考えにくいってことで話さなかったとボフスさんは語った。

「ま、途方もねぇ話だがな。ただあの怪奇が今でも生きてんならバーゼンが惹されてもおかしくねぇ」

「オウガイか……。それっておいしいんですかね？」

「あ？」

「だって貝でしょ？　あ、でも真珠貝なら食べられないのかな」

私が何か変なことを言ったのか、場が静まった。

ディオルさんがククク と笑い出してジンガさんが呆れる。ガノックスさんは目を閉じて何も聞かなかったように装っていた。

「お、お前さ。今の話を聞いてまずそれかよ」

「ディオルさん、食は大切でしょ。冒険者だって魔物を狩って食べるんだよね？」

「そりゃたまにはな。だけど基本的に食料は携帯している」

「えぇー……」

やがてジンガさんとガノックスさんも笑い出した。

オウガイがおいしいかどうかなんて誰にもわからないか。虹色真珠はどうでもいいけど、バーゼンさん抜きで行ってみる価値はあるかな。

「まったく呆れ返るぜ。海を舐めてやがる」

「舐めてませんけど、やっぱり目的って大切じゃないですか。オウガイを求めた人たちだって虹色真珠がほしかったからだろうし……」

「ますます気に入った。金銀財宝もいいが夢は大きく持たなきゃな」

「うんうん、そうだよね」

ほら、漁師の神様も認めてくれた。

そういうわけで夢を求めてシェル島へ向かおう。

◆◇◆◇◆

「なんだこの船は……」

シェル島への航海は私の船を使うことになった。

最初はディオルさんの船と2隻で行く予定だったけど、私の船は絶対に沈まないと主張すると一転。何をこの、とムキになったディオルさんが見に来て今は開いた口が塞がらない。この船にはキッチンや風呂、トイレ完備。更に洗濯機まで搭載されている。

ディオルさんの船にはキッチンはあるものの、風呂はない。だから航海の間はひたすら我慢していたらしい。

トイレはどうしていたのと聞きかけてやめた。コミュニケーションにおいて、あえて聞かないほうがいいことがあるからだ。いわゆる空気を読むってやつだね。

「おいおいぃぃ！　こいつぁ頑丈だぜ！　見ろ！　殴ってもヘコまねぇ！」

「ジンガさん、人の船を殴らないでよ」

「オレのパンチでヘコむような船なら海の藻屑《もくず》だろうが！」

「一見して理屈が通ってるけど、やっぱり人の船を殴るのはおかしいからね」

このあと、ジンガさんがディオルさんにめちゃめちゃ怒られた。聞いたところによると、いつもこの調子らしい。

あの気性が荒いのとは違って、ガノックスさんがキッチンを見てうんうんと何かを納得していた。

「セア、君は料理が好きなんだな。この綺麗なキッチンを見ていればわかる」

「後片付けも料理のうちだからね」

「よくわかってるじゃないか。仕事後の処理が雑だと、それだけ質が知れるというもの。自分で舐められるほど掃除しろとはよく言う」

「まぁうちには優秀な船員がいるんで、あの子のおかげでもあるよ」

ナナルちゃんに掃除をお願いすれば隅々まで綺麗にしてくれる。

たまには休みなさいと言っても、今度は釣竿を取り出す。どうも動いてないと気が済まない性格らしい。泳ぎ続けるマグロみたい。

ちなみに釣果はほぼゼロで、そのたびに涙ぐむ。最近ちょっとかわいそうになってきた。

「セアねーちゃん、そろそろ出航するッスよ」

「そうだね。さて、問題はシェル島の場所が具体的にわからないことなんだよね。だから集めた情報を頼りにおおよその海域を当たっていくよ」

シェル島の場所はボフスさんもわからない。

何せシェル島に向かわなかった人だし、実際に目指した人はほとんど帰ってきていないからね。

やっと見つけた帰還者の話を聞いてようやく目星《めぼし》をつけられた。絶対にやめておけの一点張りで苦労したな。

「おい、セア。あの食料庫、ありゃどうなってんだ？」

「たくさんあるから好きな料理が作れるよ。この辺りで獲った魚もあるから、食料には絶対困らない」

「どういう仕組みなんだよ……お前、何者なんだ？」

「まぁまぁ、細かいことは気にしないでそろそろ出航しよう」

細かくないんだが、とか聞こえたけどスルーして出航だ。

シェル島のおおよその場所をディスプレイにセットする。存在する町は表示されているけど、シェル島みたいなのは手動で指定しないといけない。

「これでたぶんよし、と……」

「出航するッス！　面舵《おもかじ》いっぱい！」

「そんなものはないよ」

「こういうのは形が大切なんスよ」

万能船が動き出して海へと出た。到達日数はおおよそ8日。意外と遠いな。しかもこの船の速度で8日だから通常なら倍はかかるわけで。

「速いな……」

「絶対沈まないから安心してね」

「あ、あぁ」

「なに、まだ何か不安？」

「いや、シェル島のことが気になってな」

甲板の上であぐらをかいたディオルさんが神妙な顔つきだ。他の2人も座ってディオルさんと私で円になって座る。

「ボフスのじいさんの話じゃ港の人間がシェル島に夢中になったのは50年以上前だろ？　仮にバーゼンさんがシェル島に向かったならなんで今更って思ってな」

「確かに……。シェル島のことはおじいさんから聞いていただろうけど突然ふらっと向かうものかな？」

「そこなんだよな。勇者が召喚されたって噂と何か関係があるのかねぇ」

「勇者……？」

猫神様がそんなことを言っていたのを思い出す。世界が危機に陥った時に神様が勇者を召喚して危機を救う。猫神様が勇者を召喚するつもりだったということは、危機が訪れているということ。

ただし召喚は何度も行えるものじゃなくて、やりすぎると世界のバランスに影響を及ぼす可能性がある。あの神様たちが勇者召喚をしたのかまではさすがにわからない。

「歴代勇者はすごいぜー？　なんたって各国で優遇されて、宿なんかも割引されるってんだからな」

「へぇ、2割引きとか？」

「宿によるが8割引きくらいだな」

「超待遇じゃん。勇者に連泊されたら宿屋の経営が破綻しそう」

「国から補償があるらしいな。もしかしたら勇者を泊めるためにあの手この手を尽くす宿が出るかもしれないな」

RPGの宿代安すぎでしょって思ってたけど、まさかの答えがここにあった。まさか家のタンスを漁ってもお咎《とが》めなしなんて特典はないよね？

でも世界を救ってほしい割には王様は大した金を渡さないし、何より勇者だけに丸投げってなかなかひどい。どうもこの世界でもそれくらい勇者に期待されているみたいだ。

ディオルさんたちが盛り上がるほど勇者は誰もが関心を持つ存在ということか。

「はーー！　オレが勇者だったりしねぇかな？」

「ジンガ、お前が勇者だったらそのほうが世界の危機だっつの。オレは勇者だ！　戦え！　なんてケンカを売り歩きそうだな」

「はぁぁーー!?　そこまでやるわけねぇだろ！　勇者のオレに勝ったら賞金くらいはくれてやるがな！」

「賞金で釣って戦いまくる気満々じゃないか」

現地の人が勇者って可能性はないのかな？　その辺の事情はさすがに詳しく聞いてないな。

でも私が勇者じゃなくてホントよかった。国から勝手に世界の命運を託されて戦いに身を投じるなんて死んでも嫌だ。

そう考えると勇者として召喚された人は気の毒だな。召喚された途端に勇者としての使命に目覚めるわけない。

「で、ディオル。その世界の危機と勇者とシェル島になんの関係があるんだよ？」

「オレに聞くなよ。バーゼンさんが今頃になってシェル島に向かったとしたらって話だ。世界の危機が来てるならおかしいことが1つや2つ起こっても不思議じゃないだろ」

「世界の危機ねぇ。魔王でもなんでも現れねぇかな？　おらっ！　魔王め、かかってこい！今すぐにでも相手してやるぜ！」

「魔王がいて喜ぶ奴なんて世界でお前だけだぞ」

ナチュラルに魔王なんてのがいる世界だし、何が起こっても不思議じゃないな。私は勇者や魔王なんて興味ないから自由な生き方をさせてもらうだけだ。

今回の航海は屈強な冒険者が３人もいるから心強い。といってもも護衛だけやってもらうわけにはいかなくて掃除や洗濯、食事のお手伝いもやってもらっている。これに関してはナナルちゃんが指揮をとって楽しそうだ。

「ディオルにーちゃん、その皿は上の棚っすよ」

「お、ありがとうよ」

「ジンガにーちゃん、ナイフとフォークをごっちゃにするなッス！」

「マジかよ。全部ぶっ刺せるんだから実質同じだろうが……」

一部脳筋プレイをしている人がいらっしゃるけど、概《おおむ》ね真面目に家事をやってくれている。

一応、この船の船長は私だからあまり聞き分けがないならどこかの無人島に上陸してもらうことになっていた。そのことを告げたあとのジンガさんは熱心に働いてくれる。船の上では船長の言うことは絶対だ。

昔は今と違って船を持てるのはお金持ちだけだったから、機嫌をとるのが大切だったみたいだ。船長の気分一つで船を出さないなんてことが往々にしてあったらしい。

中には保存してあったはずのお菓子が見つからなくて船を出さない船長もいたとか。さすがに私はそこまで変人を気取るつもりはないし、のびのびと乗ってほしいと思っている。

ジンガさんは少し心配だけど、さぼるようなことはしない。特にガノックスさんは名前と見た目のごつさとは裏腹に、食器をきっちり揃えて収納する。

「このエプロン、どうだ？　似合うだろう？」

「個性的な見た目で素敵だよ」

「ハッハッハッ！　そうだろう！　昔から力仕事よりもこういう仕事のほうが慣れているからな！」

「ピンクのエプロンもいいけど白も似合っているよ」

筋肉男と少女趣味全開のピンクエプロンの組み合わせはやや景観を損なっている。ただし仕事は本当に丁寧で、一番早く起きて船内の清掃をしてくれていた。どこかのがさつなホウキ頭とは大違いだ。

「おい、セア。オレは魔物が襲ってこないか見張ってやる。だから家事手伝いはなしにしろ」

「ダメ、船長の私が許さない」

「クソッ……じゃあ、オレと勝負しろ。勝ったらオレの言うことを聞け」

「船長への命令もダメ」

ジンガさんが渋々持ち場へ戻っていく。ガノックスさんが丁寧に教えているからたぶん心配ない。

ジンガさんを見る限り、野営や食事の準備なんかはディオルさんたちに任せていたんだろうな。家事だとか、ナナルちゃんだけに負担させるわけにはいかないからね。私たち年長者がきちんと協力してあげないといけない。少なくとも3人をお客様扱いするのは良くないと思う。

「セア、洗い物終わったぞ！　じゃあ勝負と行こうか！」

「予定にない約束がされているんだけど？」

「あのディオルがずいぶんとお前を持ち上げるからなぁ。気になってしょうがないんだよ」

「勝負ねぇ……」

ジンガさんと戦って私になんのメリットがあるのか。競技的なものならやってあげてもいいんだけど真剣勝負はね。

私は別に戦いたがりじゃないし冒険者じゃない。別にジンガさんが私より強かろうがどうでもいい話だ。

でもこの人、ある意味で誰に対しても平等なんだよね。強いと思った相手なら誰だろうと容赦なく戦いを挑もうとする。悪い人じゃないんだけどね。

そんなジンガさんはナナルちゃんに指示されて甲板磨きをしていた。

「ジンガさん。それが終わったら勝負しよう」

「ホントか!?」

「ただし腕相撲でね」

「うでずもー？　なんだそりゃ？」

腕相撲を知らないか。しょうがないからナナルちゃんを呼んでテーブルの上で互いに手を握って見せた。

「お互いこうやって手を握って相手を倒したほうが勝ち。シンプルでしょ？」

「うひー負けたッスー」

私がペタンとナナルちゃんの手をテーブルに倒す。もちろん本気でやってないんだけどナナルちゃん、ノリがいいな。

「そんなお遊びじゃなくてちゃんと勝負してぇんだけどな」

「え？　腕相撲を舐めてる？　これでいてなかなか奥深いんだよ？」

「そんなのが深いのか？　信じられねぇなぁ……」

「嫌ならいいよ。戦いたがりが逃げるとは思わなかった」

その瞬間、ジンガさんがとてつもない目つきになった。握り拳を作って高い背丈をもって私を見下ろす。

「上等だ。バッキバキに負かしてやるよ」

「よし、じゃああっち側について」

ものすごい迫力だったなぁ。私たちが腕相撲勝負をするとなったらディオルさんとガノックスさんがやってきた。

ナナルちゃんが私とジンガさんの手に自分の手を置く。なんかしっかり審判やろうとしているな。

「じゃあ2人とも、正々堂々と戦うことを誓うッスか？」

「そんな壮大な勝負だったたんだ」

「誓うッスか？」

「誓う誓う」

ナナルちゃんがジンガさんを睨んで無言で誓いを促す。さすがのジンガさんも子どもには素直みたいでちゃんと頷いた。

「こんなもん、オレの圧勝だぜ。セア、お前が負けても船から降ろすってのはナシな」

「ないない。だってお遊びだもんね？」

「煽るじゃねえか！　よぉし！　ぶっ潰すッ！」

お遊びのはずなのに潰しにかかってるよ。グッとお互いの手を握って睨み合う。

「レディーゴォーーー！」

ナナルちゃん、それ、どこで覚えて――

「わっ！　つよっ！」

「へへへっ！　なんだぁ！　大したことねぇじゃねえか！」

ナナルちゃんに気をとられている場合じゃなかった。ジンガさんが私の手を握りつぶす勢いだ。腕の筋肉が盛り上がって、とてつもなく太い。

「これはなかなか……」

「ハハハァ！　このままテーブルに押し倒せばいいんだろ！　楽勝だぜ！」

「どうしよっかな」

「あぁ⁉」

実際にジンガさんの手を握ってどんなものかわかってしまった。たぶん本気を出すと腕を破壊してしまう。貴重な戦力の腕をここで壊すわけにはいかないんだよなぁ。

どの程度の力で押し切るべきか？　少しずつ力を加えて確かめるしかないか。

「む、ジンガ。さっきから微動だにしていないぞ？」

「ガ、ガノックス……動かねぇんだ……」

「なんと……」

「こいつ……マジか……」

ジンガさんが脂汗《あぶらあせ》を流して堪《こら》えている。これでもまだ勝てないか。だったらもう少し力が必要かな。

「う！　ぐおおぉぉーーー！　お、押されるッ！」

「押し切るよ」

「ま、まだまだぁ！」

「お？」

グン、と更にジンガさんの力が強まった。マジか、この人。歯を食いしばりながら顔を赤くして鼻息が荒い。

なるほど、ディオルさんが言う通り勝負したがるわけだ。この力を持て余してるんだから、そりゃ試したくなるよ。だったら私も舐めプしてる場合じゃないな。

腕に力を込めてジンガさんの目を見ながら、ふぅっと息を吐いた。

「づえぁぁぁッ！」

「ぐあぁぁッ！」

ジンガさんの手をテーブルに叩きつけた。テーブルがバックリと割れてジンガさんが態勢を崩して倒れてしまう。

「あ……」

「ぐうぁぁ……く、あぐっ……」

「や、やば……ごめん……」

ジンガさんが手を押さえて、くの字になって倒れていた。すかさずガノックスさんがジンガさんの腕に手を近づけて淡い光を放つ。

「ヒール」

「ガ、ガノックス、すまねぇ」

「とんだ相手だったな」

「あ、あぁ……何されたのかすらわかんなかった……」

今のは回復魔法？　ジンガさんが片手をさすりながら立ち上がった。勝負を見ていたディオルさんがなんか満足そうだ。

私もやっと冷静になると、もちろんやりすぎたと反省した。ガノックスさんがいなかったら完全にジンガさんの腕を壊していたところだ。

「セア……」

「ジンガさん、ごめ……」

「謝るんじゃねぇ！　オレの完敗なんだよ！　それ以上でもそれ以下でもねぇ！」

「そ、そう……」

「へへっ、ディオルが言っていた通りだな。やっぱり只者じゃねぇ。力勝負で負けたのはガノックス以来だ」

ジンガさんが爽《さわ》やかな表情でそう答える。今なんかさらっとすごいこと言わなかった？　私は思わずガノックスさんを見てしまった。

「いやいや、あの時のジンガは体調を崩していたはずだ。そうでなければ私のような魔術師が勝てるわけがない。ハッハッハッ！」

「いや万全だったわ！　てめぇもオレのリベンジリスト入りしてるからな！　覚えてやがれ！」

あんな体格をしておいて自分の力に自覚がないんだ。

そしてとんでもないリストが作られていることを知ってしまう。そんなもんに私も入れられたってことは、もしかして今後も勝負を挑《いど》まれるってこと？　相手にしないほうがよかったかもしれない。

◆◇◆◇◆

航海中、ディオルさんたちはそれぞれ時間を潰していた。

ディオルさんはのんびり釣りをして、ナナルちゃんと勝負をしている。先輩風を吹かせていたナナルちゃんだけど、ディオルさんの釣り経験は何気にベテランクラスだった。

次々とバケツに魚が溜まっていく様を見せつけられたナナルちゃんの顔は一生忘れない。目に涙を浮かべてぷるぷるとしたところでディオルさんに魚を分けてもらっている姿が哀愁を漂わせていた。

「うっ、うっ、調子が悪かっただけッス……」

「ほらほら、このでかいタイを分けてやるからよ。あとでセアに刺身にしてもらおうぜ。な？」

「し、仕方ねぇッス……それで手を打つッス……」

何が手を打つのかよくわからないけど勝負だったのかな？　下手の横好きとは言うけどナナルちゃん、釣り自体は好きなんだよね。漁師の神様の孫なのに釣りが下手というのも不思議だ。

その近くではガノックスさんが海を背景にディオルさんとナナルちゃんを描いている。これがなかなかうまくて、美術の成績が半分を下回っていた私からしたら、ただ感心するばかりだ。

あまりに下手すぎて真面目にやれと注意されたうえに描き直しを命じられたあの日の屈辱は忘れない。

「ガノックスさん、絵がうますぎる」

「これでも昔は近所で絵画少年と呼ばれていたほどだからね。絵ばかり描いていたせいですっかりもやしっ子さ。ハッハッハッ！」

「この客観性でなんで素敵な絵が生まれるのか」

文学少年の次は絵画少年か。でもこれだけ絵がうまいんだからウソじゃないんだろうな。絵筆を指だけで潰せそうなほど太いくせに。

さて、私も釣り道具を用意してナナルちゃんの隣に座った。ふと隣を見るとナナルちゃんがそこそこ釣れたみたいで少し機嫌が戻っている。

「セアねーちゃん、まさか釣るッスか？」

「安心して。餌で競合しないようにするからさ」

「そんならいいッスけど……」

今回、私が釣るのはアレだ。この海にいるのかどうかわからないけど、釣れなきゃ別にそれでいい。

餌の準備をしていると隣で腕立て伏せをしているジンガさんが汗まみれで立ち上がった。

「セア、余裕ぶっこいてていいのかぁ？　オレは腕立て伏せ５００回を終わらせたぜ？」

「私は私で別の方法で鍛えてるから大丈夫だよ。それより汗かいたら、ちゃんとお風呂に入ってね」

「別の方法だぁ？　面白れぇ、だったらオレは万倍鍛えてリベンジだ！」

この人は本当にシンプルでわかりやすいな。朝から筋肉トレーニングに励んでいて、その量といったら並みのアスリートを上回るほどだ。普通の人間が長時間、ここまでやったら体を壊す。

ディオルさん然《しか》り、異世界の人たちは魔物と戦ってきた歴史があるから体の作りが違うように思える。医学的なことはわからないけど、体つきだとか筋肉量がどこか異質というか違う。たぶん現代人に武器を渡しても魔物とは戦えない。あくまで私の勘だけど。

長い歴史の中で体が作られて進化してきたから、現代人と違って屈強なんだろうな。そう考えると異世界人にはない特別なものを持った人間が勇者として召喚されるというのもわかる。

異世界にそんな特別な人間がいるなら神様がとっくに見つけてるだろうからね。猫神様が私を勇者と間違えたのも、この特別な体を持っていたからだ。これはきっと異世界人じゃあり得ない体なのかもしれない。

ジンガさんには悪いけど神様公認のこの体は鍛えたくらいじゃ超えられない気がする。とりあえず甲板に汗がしたたり落ちて水たまりみたいになってるから、あとで掃除させよう。

「お、きたなー？　それっ！」

「セアねーちゃん！　何がきたッスか！　何が！」

「ナナルちゃん、落ち着いて」

糸が強い力で引いている。両手で釣竿を上げると、そこに食いついていたのはタコだ。きたきた。これが食べたかったんだよ。

「鑑定によるとこれは毒を持ってない……食べられるタコだ」

「セ、セアねーちゃん……それ、まさか食うッスか？」

「ナナルちゃんともあろう方がこれを食べないと？」

「デビルフィッシュはさすがに食わねぇッス！」

ナナルちゃんすら距離を置くのがこのタコだ。

デビルフィッシュか。そういえばタコを食べる国は世界でもあまりなかったと聞いたことがある。

ところが日本人が食べ始めると少しずつ親しまれるようになってきたとか。それでも外国人で嫌う人は多いみたいだし、見た目の先入観ってすごいなと改めて思う。

タコをキッチンに持っていくと、ナナルちゃんやディオルさんたちがおそるおそる見守っていた。

「セ、セア。お前、マジでそんなもん食う気か？」

「タコおいしいよ？　手始めに刺身にして食べてみようか」

「まさか今日のメシはそれじゃないだろうな!?」

「これだけど？」

「オ、オレはパスだ！」

ディオルさんがギブアップ宣言か。食わず嫌いの段階ならまずは食べてもらいたい。それでも口に合わないならそれまでだ。

タコを解体して刺身にする分を切り分けて、残りは後日使おう。念願のタコ焼きを作るために保存しておくのだ。

「ううむ、セアのことは信じたいが……デビルフィッシュを食べるのはなかなか勇気がいるな」

「オ、オレは食うぜ！　ガノックス！　お前とディオルはそこで見てろ！」

「ジンガ、いくというのか⁉」

「あぁ、腰抜けどもは下がってな！」

私が皿に切り分けて醤油皿を用意すると、ジンガさんがフォークを持って唾《つば》を飲んでいる。

そこまで緊張するほどかな？

呼吸を乱しながらもフォークでタコの切り身を刺そうとする。

「それはタコの頭だよ」

「い、いちいち言うんじゃねぇ！」

「なんでさ。説明があったほうがおいしく感じない？」

「いらねぇよ！」

ジンガさんがフォークでタコをぶっ刺す。皿が壊れるから優しく刺してほしい。

「こ、こんなもん、どうってことねぇよ……」

「ジンガ、やめろ！　まずはオレが食う！」

「てめぇはすっこんでろ、ディオル。こういう役目はいつもオレだろ？」

「だけどよ！」

これから決戦にでも挑むのかな？　ジンガさんが手を震わせながら、タコの切り身を醤油につけてから口に入れる。

それからもにゅもにゅと噛んで飲み込む。

「う……」

「ジンガァァァーーーー！」

「まい……」

「は？」

「うまい……」

ジンガさんが続いてもう1つ食べた。よしよし、先入観の壁は完全にぶっ壊れたね。タコは絶妙な歯ごたえを楽しめるし、噛むうちにほのかな味が出てくる。

「ど、どうなってんだこりゃ！　デビルフィッシュがこんなにうまいなんてよ！」

「そんなわけ……ねぇだろッ！」

ディオルさんが意を決して食べると表情が次第に柔らかくなる。その様子を見たガノックスさんもそっと食べると、無言で何度も頷いた。

私はこれにわさびをつけて食べるけど、３人にはまだハードルが高い。よく考えたらこれもお酒のつまみになりそう。漁師の神様のボフスさんもやっぱりデビルフィッシュを恐れて食べないのかな？

これぱっかりはしょうがないか。ナマコやシャコなんて、誰があの見た目で最初に食べようと思ったのか。私も生まれて初めてタコを見たら絶対に食べなかったと思う。

「セ、セア、ねーちゃん、うちは食わないッス……」

「無理強いはしないよ。でもね、人も魚も見た目じゃ判断できないんだよ。恐ろしく見えても実は優しかったりするし逆も然り。そう思わない？」

「うー……」

ナナルちゃんが少し考えたあと、一口だけもにゅもにゅと食べた。顔つきは微妙だったけど次第に安らいでいくのがわかる。

「ん、なんかこれはこれで悪くねぇッス……いや、うまいかもしれねぇッス」

「食べ続けているとこれもありかなって思えてくるよ。これが食べられるようになったら更においしい料理を作ってあげるよ」

「デビルフィッシュ料理ッスか？」

「まぁそうだね」

うへぇみたいな顔をしていたけど、タコ焼きは本当においしい。デビルフィッシュなんて偏見を捨ててぜひ食べてほしいと思う。

「セアねーちゃんはすげぇッスね。よくこんなもん食おうと思ったッス」

「ボフスさんは食べなかったの？」

「デビルフィッシュを食べると次の日にデビルフィッシュになるって言ってたから食ってないと思うッス」

「呪いか」

すごい風評被害をこうむっているタコだけど、これでおいしさを知ってもらえたならよかった。

それにしてもそんなにグロいかな？　よく見たらかわいいと思うんだよね。このうにゅーってなるところとかさ。

◆◇◆◇◆

目標のポイントまで残り2日、天候には恵まれたようで平和な航海が続いている。

私も体がなまるとよくないので、たまに船を止めて海に潜っていた。下手に運動するよりも、これが私の鍛錬《たんれん》法だ。泳ぐという行為は全身で水の抵抗を受けながら体を動かすから最良の運動だ。

部屋で水着に着替えてから準備運動をして海に潜る。その様子を見たジンガさんが真似をして海に飛び込もうとしたけど、ディオルさんに止められた。

「ディオル！　なぜ止める！」

「バカ！　あいつは【水圧完全耐性】と【水中呼吸】があるからいいんだよ！」

「なんだそりゃ！　無敵すぎるだろぉ！」

「無敵なんだよ！　察しろ！」

ディオルさんの中で私は無敵らしい。ジンガさんにそんなことを言ったら、そりゃ闘争本能に火がつく。

「セア！　上がったら手合わせしろ！」

なんか船から聞こえてきたけど聞こえない振りをしよう。

私は海の中を泳ぎつつ、魚や貝を手掴みして獲る。この辺にもウニがいるしナナルちゃんの言った通り、どこにでもいるんだね。釣りよりもこっちのほうが手っ取り早いかもしれない。

そんな中、ウナギがいて驚く。天然もののウナギなんて獲らないわけがない。ウナギの粘液や血液には微弱の毒があるから素手で触るのは危険だけど、私の体なら問題ないはず。

うねるようにして泳ぐウナギを素早く捕まえてアイテムポーチに入れる。こりゃいい。何匹か捕まえて後日、かば焼きにでもして食べよう。

ナナルちゃんに見せたら、どう反応するかな？　ウナギくらい異世界でも食べられているか。

船に戻って成果を見せるとディオルさんたちが感心した。

「お前、手掴みって化け物かよ……」

「よく見てシュッと捕まえればいいんだよ」

「はいはい。見慣れない魚がいるな。なんだこいつ？」

「流された」

私としてはわかりやすくジェスチャーを交えて教えたんだけどな。ディオルさんには伝わらなかったみたいで、ウナギをまじまじと見つめている。

ナナルちゃんはウナギを知っているみたいだ。

「セ、セアねーちゃん、まさかこれ食うッスか？」

「これも食べたことないの？　かば焼きにすると絶品なんだよ」

「こいつは毒があるッス。さすがにこれは食えないッス」

「そこは任せてよ」

ウナギの毒のことは共有されていたか。

これは後日食べるということで今日はタコ焼きパーティをする予定だ。タコ焼きがどんなものか予め説明したけどナナルちゃん以外しっくりきていない様子だった。

「そんなもん、うまいのか？」

「ジンガさん、百聞は一見に如《し》かずだよ。じゃあ、さっそく準備するね」

船内にあるタコ焼き機を持ってくると、全員がなんじゃこりゃみたいな顔をしている。

私としても、まさかこの船にタコ焼き機すらあるとは思わなかったよ。猫神様は日本の担当らしいから日本食には明るいのかもしれない。

小麦粉とベーキングパウダーなどの材料を揃えて、さっそく生地を作り始めた。小麦粉とベーキングパウダー、かつお出汁を水で溶いてから卵を加えると、ナナルちゃんが急接近して見ている。

「どうしたの？」

「作り方を覚えたいッス」

「あぁ、ごめんね。じゃあ教えながら作るよ」

「うっす！」

ナナルちゃんがふんふんと納得しながら真剣に学んでいる。

かつお出汁は予め作っておいたものだ。この出汁の仕込みはそば汁のものを使っている。かつお節を根気よく煮込んで、しっかりと作ったものだ。

単に煮ればいいというものじゃなくて、かつお節から出汁が出たタイミングを見なきゃいけない。

数十分ほど煮込んだうえで、出汁が最高に出たところでかつお節を湯から引き上げる。本来、出汁は保存が利きにくいらしいんだけどアイテムボックスのおかげで問題ない。この匂いだけで涎が出るほどだ。

ナナルちゃんが何度も飲ませろとうるさかったな。これ単体だとそこまで濃い味を感じないんだけど。

「これにタコをぶち込んで焼くってのか？　いかれてんな」

「じゃあジンガさんは食べなくていいよ」

「食わねぇとは言ってねぇだろうが！」

「キレないで」

タコ焼き機に油を塗って生地を入れた。予め切り分けていたタコを入れて、焼きながらクルッとひっくり返す。

「も、もう焼けたッスよ！」

「まだだよ」

「これなんかいけるッス！」

「すっかりデビルフィッシュの虜じゃん」

昨日まで忌《い》み嫌われていたデビルフィッシュも、これで浮かばれるでしょう。たぶん。

焼き上がったタコ焼きを食べてもらうためにひとまず皿に分けた。タコ焼きにはソースとマヨネーズ、青のりなんかをお好みでトッピングしてもらおう。

といっても最初はわからないだろうからソースだけかけてあげた。

「く、食っていいんだな？」

「ディオルさん、熱いから気をつけてね」

「おう……あっちゅぅうーーー！」

「だから言ったじゃん……」

ディオルさんが叫んだけどタコ焼きを口に含んだままだ。なかなか噛めないみたいで冷ましながら、なんとか食べ終えると水を飲む。

「あぁ、熱かった……熱かったけどなんかクセになるな、これ！」

「でしょ？　ソースの他にマヨネーズもいいよ」

「タコだけじゃこの味はでねぇな！　口の中が唾液まみれになるほど風味が爆発しやがる！」

「出汁のおかげだね」

私も1つ食べてみたけど、これはおいしい。

この熱々のタコ焼きをはふはふしながら食べるのがいい。私はソースのみで食べるけどナナルちゃんみたいにマヨネーズを加えてもおいしい。

ジンガさんみたいにマヨネーズ盛りにしても、いや。やりすぎ。

「それじゃマヨネーズの味しかしなさそう」

「このマヨネーズがいけてやがるんだよ！　なんだよこれ！」

「マヨラーの素質ありそう」

ジンガさんがマヨラーに目覚めた横でガノックスさんはあえて何もつけないで食べている。しかも熱々のタコ焼きをものともせずにおいしそうに頬張っていた。あの筋肉の前じゃ熱さなんてないも同然か。

「これはいける。口の中にほんのりと感じる温かさがいい」

「ほんのりかぁ」

さすが文学少年は違うなぁ。私はさすがにはふはふしながら食べさせてもらう。

んー！　ソースと出汁と生地のふんわり感がいいコラボしてる！　このタコ焼きパーティ、皆には自力で焼いてもらうのが醍醐味《だいごみ》だ。焼き加減を見る必要があるけどそんなに難しくない。

じゃあ、さっそく――

「ギギーー！」

「え？」

甲板に次々と上がってきたのはサハギンたちだ。ディオルさんたちが食事から一転して戦闘態勢に入る。

「サハギン！　タコ焼きの匂いに釣られたか！」

「ディオル、オレ1人で十分だ。てめぇは食事でも楽しんでろ」

「お前は暴れたいだけだろうが。サハギンを甘く見るな。あいつら、3級冒険者を殺した実績があるんだからな」

「あぁ？　だったらオレが新しい実績を作ってやるよ。3級冒険者がサハギンを山ほど殺したってな」

3人が戦闘態勢になるのも無理ないけどこの子たちに戦意はない。私が近づくと背筋を伸ばしてビシッと敬礼みたいなポーズをとった。

「ギーーー！」

「もしかしてずっとついてきていたの？　タコ焼き食べたいの？」

「ギギっ！」

「そう、じゃあ食べようか」

思わぬ来客だけど来る者は拒まない。この子たちは私が最初に倒したサハギンだと思う。だけど数が増えているのが気になるな。

もしかしてサハギンの間で私の情報が共有された？

「おい、セア。ちょっと説明しろ」

「あ、はい」

さすが2級冒険者のディオルさん、適応力が半端ない。その調子ならすんなりとわかってくれるはずだ。ということで説明してみよう。

「つまりサハギンをぶっ飛ばしたらなつかれたってことか」

私がそれなりに時間をかけて事細かに状況を説明したのに、ディオルさんに一言でまとめられてしまった。

殺すつもりはなかったし、あくまで海にお帰りいただいただけだ。皆がこんなにも信じられない顔をするのは、サハギンが人に従った前例なんてないからだ。

冒険者たちだってこれまでサハギンを討伐したのに、私が海に帰らせただけでこうなっている。こうなると単純な力関係が原因とは思えない。思えないんだけど、ディオルさんはなんか引いている。

「1人で複数のサハギンを相手にできる冒険者なんてシルクスじゃオレ以外じゃ何人といない

ぞ」

「おい、ディオル。その常識を今から覆してやろうか？」

「やめろ。襲ってこないならそれに越したことはない」

「ケッ、オレはいつだっていいんだぜ？」

ジンガさんは戦いたがっているけど、私も戦意がないのであれば戦わない。

ディオルさんの話だとサハギンは3級冒険者すら危ういほど危険な魔物だ。ましてや丸腰で撃退した人間なんて前例にないらしい。

武器屋にはグラブを売っているから他にも拳で戦う冒険者はいると思う。

でも私の場合は素手だ。もしかして素手だからこそなついたとか？

「あのさ。たぶん私が武器や防具を身に着けずに戦って勝ったから認めたんじゃない？」

「その理屈だとガノックスみたいな魔術師はどうなる？」

「魔術があるじゃん。それにサハギンみたいな野生に住む魔物にとって、素手での戦いこそが強さとしてわかりやすかったんじゃないかな」

「妙に説得力があるな。だけどお前がより意味わからん存在ってことの証明にもなるがな」

神様公認の特別な体だから、とは言えない。

実はガノックスさんによれば、私の体には一切魔力が流れていないらしい。普通、戦わない一般人でも微弱の魔力があるだけに、これは特異体質だと言った。

これによるデメリットはもちろん魔法が使えないこと。魔術師は目指せないし戦いの幅は狭くなる。それだと魔術師以外の剣士は同じじゃ、と思った。

だけど少ない魔力でも戦いに技として利用できるとのことだ。例えばディオルさんは魔力で風の斬撃を繰り出して戦うことができる。これにより広いリーチで相手を牽制できる。

ジンガさんは武器を当てることで小規模の爆破を起こせる。これにより押しが強い戦いが実現できるみたいだ。

ガノックスさんは回復魔法と攻撃魔法に加えて、身体強化魔法でごり押しもできる。最後の人が異様に強い気がするのは気のせいかな？

純粋に肉体だけで戦っているのはほとんどが4級以下の冒険者みたいだ。これが3級の壁ってやつかな？

「技に加えてオレたちにだって当然スキルはある。オレの【毒耐性】はある程度の毒なら耐えられる」

「オレの【精神耐性】は多少のことじゃヘコたれねぇ。加えて下らねぇ精神干渉系のスキルや魔法はほとんど効かんぜ」

「私の【治癒】は大体の傷なら塞がるし【苦痛耐性】のおかげであらゆる痛みに強い」

やっぱりガノックスさんだけ異様に強くない？　もはや違う生物と化している。

「ギギーーー！」

「うん？　タコ焼き食べたいの？」

「ギッ！」

「はい、どうぞ」

サハギンたちにタコ焼きをあげると熱さで驚いたのか、甲板の上に落としてしまった。それを拾って海に飛び込んでタコ焼きを海水につけている。

あれじゃおいしくないと思うけど、おいしそうに食べているな。

「ギーー！」

「もっとほしいって？　はい、どうぞ」

「おい、セア。そいつらを甘やかすなよ」

「いいでしょ。私は別に戦いたいわけじゃないし、魔物だろうと仲良くできるならそれに越したことはないよ」

サハギンたちがタコ焼きで喜んでいるところを見ると、なんだかほっこりする。だいぶタコ焼きが気に入ったみたいで、焼けるのを心待ちにしていた。

その隣でジンガさんがぷるぷると震えている。戦いたがりの禁断症状かな？

「なんだよぉ、こいつらぁ……。結局オレと戦わないってのかよぉ」

「そんなに戦いたいなら私が相手してあげるよ」

「マジか！」

「その代わり武器なしでね。こっちは素手なんだからさ」

ジンガさんが大はしゃぎでシャドーボクシングみたいなことを始めた。あの動きを見ていると、武器がなくても弱くはなさそう。

ディオルさんたちがタコ焼きを片手に観戦、ナナルちゃんがまた審判みたいなことを始めた。

「武器の使用や殺害は禁止、まいったと言ったほうの負けッス。こっちの判断でストップをかけることがあるからわかれッス」

「だってさ、ジンガさん」

「やってやろうじゃねえか！」

観客が人間とサハギンという世界でも例を見ない状況の中、模擬戦が始まった。

ジンガさんは容赦なく蹴りやパンチを繰り出してくる。その動きが私にとってはすごくスローに見えた。

「シッ！　ハァッ！」

「おっと……」

回避に努めつつ、私はジンガさんの顎に裏拳を放った。こつんと当てた直後、ジンガさんはぐらりと倒れる。

「ジンガにーちゃん、寝たッスか……？」

「気絶させたんだよ。軽く脳震盪《しんとう》を起こしただけだからすぐ目覚めるよ」

「セ、セアねーちゃんの勝ちッス……」

審判のナナルちゃんがワンテンポ遅れて私の手を掴んで上げる。ディオルさんやガノックスさんは茫然《ぼうぜん》としていた。

一方でサハギンたちが大盛り上がりで、私の周りにまとわりつく。

ジンガさん、弱くはないけどやっぱり武器で戦ったほうがいいと思う。もし武器をフル活用されたら私もここまで楽に勝てなかった。

「素手とはいえ、あのジンガが瞬殺かよ……」

「うーむ、まるで見えなかった」

ガノックスさんが達人みたいなことを言ってる。あなたは魔術師でしょう。見えないのが普通でしょう。

「セア、お前やっぱり冒険者になれ。その強さを持て余すのはあまりにもったいない」

「この流れで勧誘が来るのは意外と読めなかった」

「なぜだ？　自由にこだわる気持ちはわかるが……」

「何が幸せかと考えたら今の私はこのままでいいって思っただけ」

社会的な組織に所属したら、ディオルさんみたいに貴族からの依頼を受けることもある。そんな義務感は嫌だから私はあくまでフリーでいたいだけ。

と、正直に伝えたら角が立つからオブラートに包んで伝えてみた。

「でも、その力を世のために活かさないのは……」

「ギギーーーー！」

「な、なんだ！　こいつら！」

「ギッギィーーー！」

サハギンたちが私の周りについて怒っている。私が困ってるのを見て察したのかな？

「サハギンたちも私の気持ちをわかっているんだよ」

「そうなのか……？」

「ギーーー！」

サハギンたちが一斉に叫んだ。私の言葉に同意したってことでいいんだよね。いつの間にかなつかれちゃったなぁ。そんなにタコ焼きがおいしかったのかな？

◆◇◆◇◆

「ハイッ！　ハイッ！」

「ギッ！　ギッ！」

私が甲板で鍛錬しているとサハギンたちが真似をし始めた。私が突きを繰り出すとサハギンも突きを放つ。私が蹴りを放つとサハギンも蹴りを放つ。

ヒューマンフィッシャーみたいなとんでもない魔物がいる以上、強さを求めて悪いことはないはずだ。いくら私の体が特別といっても鍛えなくていい理由にはならない。

自由を謳歌《おうか》するということは自分ですべて責任を持つ必要がある。危険なところに行って魔物に殺されても、それは私の行動の結果だ。私が自堕落《じだらく》な生活をして体がなまっても、それは私の行動の結果でしかない。

異世界に来た以上、自分の身は自分で守らなきゃいけない。ディオルさんたちに守ってもらう気なんかまったくないから、私は私で鍛えている。

海に潜るのもいいけど地上での動きも慣れておかないとね。そんな光景をディオルさんがげんなりした様子で見ていた。

「おい、セア。そのサハギンどもはずっとついてくる気なのか？」

「さぁ……。悪さしないし、たまに魚を獲ってきてくれるからありがたいよ」

「どうも気が気じゃないんだよなぁ。ていうか、なんでそいつらが鍛えてるんだよ」

「魔物だって強くなりたいんじゃない？」

私が汗を拭いているとサハギンたちが甲板でくつろいでいる。

最初は怖がっていたナナルちゃんだけど、今はサハギンたちにオニギリを作ってあげていた。

私が作り方を教えるとくせになったようで、たまに練習しているんだよね。

ジンガさんがナナルちゃんから離れず、サハギンたちから守るようにして立っている。

「おい、化け物ども。何かしやがったらぶっ殺すからな」

「ギギィーーー！」

「お？　やる気か？」

「『お前こそ攻撃してきたら八つ裂きにしてやる』だってさ」

「殺る気満々じゃねえか、セア！　ていうか、なんで言ってることわかるんだ⁉」

なんでだろう？　別にそういうスキルがあるわけじゃないんだけどね。

正確かどうかはわからないけど、おおよその主張は合っているように思えた。

「ナナルはそいつらを餌付けするんじゃねぇ！」

「ジンガにーちゃんはかってぇッスねぇ。だからモテないんスよ」

「は、はぁ!?　お、おまっ！　か、か、彼女くらいいるに決まってんだろ！　バ、バカか！」

すっごい動揺してる。ナナルちゃんも年齢の割にすごいキラーワードぶつけたなぁ。ジンガさんもジンガさんで、戦いたがりでそういうのに興味ないと思っていたけど気にしている様子だ。

私はというと美香ほどの容姿がないのもあるけど告白されたことすらない。各部活での体験入部や体育祭でぶっちぎりの結果を残すたびに、男子がよそよそしくなっていったのを覚えている。

そのくせ部活動からの勧誘は絶えないから、きっと女として見られていないんだろうな。それでつらいと思ったことはないけどね。だから私としては別に恋人がほしいと思ったことはない。

美香は学校でモテまくりらしくて、今日も誰々に告白されたとかいちいち報告してきたな。

「セアァ！　模擬戦やるぞ！」

「唐突すぎる」

「ギギィーーー！」

「な、なんだよ！」

サハギンたちがジンガさんから私を守るようにして並んだ。ジンガさんが私に襲いかかるとでも思ったのかな？

それともあのチンピラみたいな見た目は魔物にも好戦的に見えるんだろうか。

「私は大丈夫だからね」

「ギィ！」

私がサハギンたちをなだめるとおとなしく座った。お行儀がよすぎる。

ちなみにジンガさんとの模擬戦は8秒くらいで終わった。この前は圧勝してしまったので少し手加減したんだけどな。あまりに隙だらけだったから、ついやってしまった。

気絶したジンガさんをガノックスさんが背負って部屋まで連れていった。大人1人を背負って悠々と歩く姿がなかなか頼もしい。さすが元文学少年だ。

「セア、鍛錬もいいが、そろそろ警戒しろ」

「シェル島が近くなってきたもんね。魔物が手強いんだっけ？」

「ヒューマンフィッシャーレベルのえげつないのはいないけどな」

波の音を聞きながら監視がてら休んでいると、海面に黒い影がいくつもあった。大きさ的にサメかな？　この船の周囲をグルグルと回っている。

「オーシャンウイングか。気をつけろ、飛ぶぞ」

ディオルさんがそう言った直後に、海面から翼を生やしたサメが飛び出してきた。弧を描いて真っ直ぐ私に向かって突進してくる。

「ギギィーーーー！」

「え？」

サハギンたちが私の前に出てきてオーシャンウイングを滅多斬りにする。オーシャンウイングが空中で血だらけになって海に落ちていった。

「つっよーい……」

「ギッ！」

サハギンたちが得意げに変なポーズをとる。この子たち、こんなに強かったんだ。さすが海の殺し屋の異名《いみょう》をとるだけあるな。

「サハギンが人間を守るなんてな」

「私もビックリだよ。そんなにタコ焼きが食べたいのかな？」

「そうなのか……？」

ディオルさんが疑問符を浮かべていると、２匹のオーシャンウイングが襲ってくる。

ガノックスさんがメイスを握りしめてスイングして、オーシャンウイングの真正面にヒットさせた。

「危ないところだったな。だが私の力だと奴を倒すには至らなかった」

「海にリターンさせたから誇っていいよ」

それからオーシャンウイング複数体を相手に私たちは戦った。

私は拳でオーシャンウイングを遥か彼方にぶっ飛ばして、ディオルさんが風の斬撃でざっくりと裂く。回転蹴りで新たに2体まとめてぶっ飛ばしたとき、私は重大なことに気づいた。

「ディオルさん、あのサメっておいしい？」

「まずくて食えたもんじゃない。やめておけ」

それならよかった。もしおいしいなんてことになったら海に潜ってでも死体を回収するところだった。だったら遠慮なく海にお帰りいただこう。

飛びかかってきたオーシャンウイングに向けてかかと落としを放ち、海に叩き落とす。同時に2体に拳をそれぞれ当てると遠くの海面に落ちる。

「あーたたたたたたぁッ！」

跳んでからパンチを連打して、残ったオーシャンウイングをまとめてぶっ飛ばす。甲板に着地したと同時に、オーシャンウイングたちが盛大に海面に沈んでいった。

「ふぅ、なかなか手強かったね」

「どこがだよ……。ほぼオレたちいらなかったじゃねえか」

「食べられないとわかったら楽なもんだよ」

「そういう問題なのか？」

ディオルさんが呆れていると、目が覚めたジンガさんが寝ぼけまなこでやってきた。

最初は理解していなかったけど、すでに敵を撃退したあとだと知ると頭を抱える。

「マ、マジかよ……。オレが呑気《のんき》に寝ている間に終わってたのかよぉ……」

「誰も怪我していないから大丈夫だよ」

「それはよかったが……よかったがな……なんでオレはセアと模擬戦なんかしちまったんだ……」

「そこを後悔されるとしんどいなぁ」

戦いたがりのジンガさんが戦いに参加できないというのはつらいだろうな。おいしいものを食べ損ねたようなものだから、そりゃ悶《もだ》える。今度からは気絶以外の決着方法を提案しよう。

◆◇◆◇◆

シェル島近海で獲れるものは名前の通り貝類が多い。カキやアワビ、アカガイ、ホタテなど獲り放題だ。その他ツブやホッキ貝なんかはシルクス近海だとなかなか獲れない。

これ幸いとばかりに海に潜ってできるだけ獲ることにした。この辺りになると事前の情報通り、魔物が凶悪だ。

顔が２つあるピラニアみたいな魚、全長20メートルはありそうなウツボみたいな魔物など様々だ。特に後者なんか遠目で見るとウナギに見えなくもないから、危うく騙されるところだった。

しかもウナギと違っておいしくないどころか猛毒を持っているらしい。これは更に長い個体になると船に巻きついて潰すものもいるというから、恐ろしく面倒なのでこれに関しては頭を潰した。ひょろひょろと水中で機敏な動きをしてくるけど向かってくる頭を捕まえれば楽だ。

ピラニアもどきは牙が鋭そうだから、側面に拳を当てて倒す。タイと似た味がするらしくておいしいらしい。そうとわかれば貫いてる場合じゃない。軽く頭に当てて絶命させて獲りまくった。

「皆ー！　たくさん獲ったよー！」

「この海に潜って生還できる奴なんてお前くらいだろ……」

せっかくたくさん魚や貝を獲ってきたんだから、もっと明るい顔をしてほしい。海から上がって軽くシャワーを浴びるとディオルさんたちが魚を観察していた。

「水中でシーファングを仕留めるってお前……」

「この顔が２つある魚のこと？」

「こいつは生半可な船底や鎧は食い破る。海に落ちたら最後だぞ」

「そんなにやばいなら先に言ってよ」

言っても飛び込んだだろ、と的確な突っ込みをもらった。

でもおかげでだいぶ鍛えられていると思う。異世界に来た当初よりも私は確実に強くなっている。どうやらこの体は鍛えれば鍛えるほど飛躍的に強くなるらしい。普通に筋肉トレーニングをするよりも、実際に戦ったほうが成長を実感できる。

パンチや蹴りの威力も上がっているから積極的に戦うことにした。

「クソッ！　オレも負けてねぇぞ！」

「よせ、ジンガ！　死にいくようなもんだぞ！」

「こうでもしなきゃ奴は倒せねぇ！」

「お前にはお前なりに強くなる方法があるはずだ！」

ジンガさんが何を血迷ったのか、海に飛び込もうとしている。

ディオルさんに止められて、ガノックスさんに後ろから持ち上げられてストンと甲板の上に立たされた。私としては、あの人の体のほうが謎だよ。

「ジンガ、お前にはお前の強さがあるはずだ。そう急ぐな」

「あ、あぁ……」

まともなことを言ってるはずだけど、なぜかガノックスさんの圧が強い。

それでいてほほ笑んでいるせいか、あのジンガさんが一瞬でおとなしくなった。あんなたくましい文学少年がいるか。

「セアねーちゃん、明日にはシェル島に到着する予定ッス。夕食は何か元気になるメシがいいッスよ」

「そうだねぇ。元気になると言えばアレしかない」

食料庫に保管してあったウナギを持ってきた。

まな板の上にウナギを置いてから目打ちして位置を固定。切れ込みを入れて胴体を割いてから分離、内臓と骨を取り出した。

「そいつ、毒があるッスよ？　食うッスか？」

「うん、焼けば問題ない。その前に予め仕込んでおいたタレを塗って、と……」

このタレだけでご飯3杯はいける。食欲をそそる匂いの誘惑に負けず、ウナギを網で焼いた。

これには全員が黙るしかない。

次第にパチパチと焼けてきて何度もひっくり返す。タレを何度か塗り直して、たっぷりと身に染み込ませた。

皆、食欲に支配されているけど焼いている私が一番我慢しているんだからね。

「よし、私はご飯を用意する」

「う、うちもご飯で食べるッス！　絶対うまいやつッス！」

「ほぉ、ナナルちゃんもわかってきたね」

私は大変な知識を伝授してしまったかもしれない。私はこうしてご飯の上にウナギを載せてウナギ丼にする。

ご飯と一緒にウナギを食べると、タレとウナギの柔らかさと濃厚な味わいが口の中に広がった。

「おいしっ！」

「ど、どれ……。な、なに、これは……！」

「ディオルさん、どう？」

「んん！　ん、んっ……まいっ！」

ディオルさんがウナギをご飯と一緒に口の中にかきこむ。ジンガさんはあっという間に食べ終えた。

「このわずかに感じる野生味がいいな！　特に皮のとろけ具合がいい！」

「野生味……。ジンガさんの言う通り、確かにほんのりと生臭さがあるね」

「こいつを嫌う奴はいるだろうが、オレはこのある意味で媚びねぇところが気に入った」

「ボフスさんと似たようなことを言う……」

確かに苦手な人がいるというのも頷ける。

でも私はこの魚の風味をある意味でもっとも感じられるウナギが好きだ。しかもこのタレ、ご飯にかけてもおいしい。

「よし！　おかわりだ！」

「自分でやってね」

残念ながらここに世話をしてくれる人はいない。ジンガさんが渋々自分でご飯をよそっている。

一方でガノックスさんは黙々と食べたあと、両手を合わせた。

「おいしかった。より命をいただいたという実感を得られたよ」

「すっごい独特な感想だね」

「命をいただくという意識が大切なのだ。セアもそれを意識すると、より高みへと行けるだろう」

「この師匠感がすごい」

この精神こそが圧倒的筋肉を生み出したのか。確かに体を鍛えていると精神面にも余裕が出てくると聞く。

私も日本にいた時より心が豊かになった気がする。嫌いでしょうがなかった家族にすら今や大して感情が動かない。このガノックスさんの落ち着きぶりを見ていると力は心を救う。そんなことを考えながらウナギを食べた。

「はぁ、うまい！　魚の生臭さをほんのりと感じて最初は少し不快だったけど、これがくせになる！」

「これで明日のシェル島攻略の準備はバッチリだね」

「あぁ、でも少し気がかりなことがあってな」

ディオルさんが表情を曇らせた。シェル島に辿りついても同業者がいると厄介だという。

「冒険者全員が善良なら楽な仕事ができるんだけどな。しかもシェル島に辿りつけるくらいだから、最低でも３級冒険者以上の実力はあるだろう」

「あぁ、そういうこと……。確かに盗賊紛《まが》いの連中がいると厄介だね」

「いや、お前の心配はしてない」

「シンプルにひどくない？」

つまり自分たちの心配をしていたわけか。私だって、まだ戦闘の経験は浅いんだから心配することは山ほどあるよ。

いいもん。ウナギを食べて元気になって盗賊もどきなんかやっつけてやるもん。

第五章　シェル島

「あれがシェル島か」

見えてきたシェル島はまさに貝の島だ。いや、貝そのものと言っていい。東京ドームみたいな貝が海に浮かんでいて殻が閉じられている。

島というよりヒューマンフィッシャーみたいな魔物に見える。船で近づくと上陸できる場所がまったくない。指でノックをしても当然誰も返してこない。

「これ、どうすればいいのかな？　ていうか、これが本当にシェル島？」

「オレも噂で聞いた程度だから詳しくはわからないな」

「とりあえず貝の上にでも乗って……ん？」

遠くを見ると他にも船が停泊している。長方形で車輪がついた船、全方位に帆がついた船。

相変わらずこの世界には独特な形状の船が多いな。

あの人たちは同業者かな？　善良な人たちであることを願いたい。

「ありゃ特注の船だな。相当な金持ちか手練《てだれ》れだぜ」

「特注？」

「ある程度の資産があると船大工に自分好みの船を特注することができる。仮に冒険者であの船を持っているとなると、かなりの実力者だぜ」

「敵か味方かわからないし、こっちから近づかないほうがいいか」

船には誰も見当たらないから中で休んでいるのかもしれない。ディオルさんが言った通り、相手が盗賊紛いの連中なら面倒だ。

私の船は少しここから離れたところに移動した。

「とっとと上陸しようぜ。あんな奴らにびびることねぇよ」

「あの人たちを抜きにしても、貝の上に何かあるのかな？」

「待ったほうがいいッス」

ナナルちゃんが冷静にピシャリと言い切った。海の申し子からの貴重な意見だ。ありがたく聞こう。

「あの人たちの船があるということは船の中にいるか、すでに上陸したってことッス」

「そりゃそうだけど、上陸ってどこに？」

「たぶんこの貝はなんらかの条件で開くッス」

「これが開くって……まぁあり得るか」

ナナルちゃんの予想がなぜかしっくりとくる。だとすると、その開く条件ってのがまったくわからないな。

しょうがない、こうなったら――

「あいつらの船の様子を見に行く？　見つかったら面倒だぞ？」

「あの人たちに直接聞きたいけど敵だったら嫌でしょ。だったら船の中にいるかどうかくらい確認してくるよ」

というわけで海に潜って2隻の船に近づく。

船底近くに行って海面から頭を出すと、窓から話し声が聞こえてきた。これは車輪つきの船だな。死角になっていそうなところに飛び乗ってから窓をこっそり覗く。

中には数人の男たちがいて、いかにも人相が悪そうだ。1人は鎌みたいなヒゲを生やしていてバンダナを巻いている。あの人を中心として会話が盛り上がっているところからして、リーダー格かな。なんて会話してるのかな？　聞き耳を立ててみよう。

「貝が開くのが待ち遠しいですねぇ！　中には山のように真珠があるという噂ですからね！」

「お前ら、気を引き締めろよ。すでにライバルがいやがるからな」

ライバルと聞いてドキッとした。私たちのことかな？

「ライバルったってありゃ同業者には見えませんぜ。さっきちらっと見たんですが、金持ちそうなジジイがパイプ吹かしてましたわ」

「だとしても護衛くらいはいるだろう。生半可な奴がここまで辿り着けるわけがねぇ」

「でもこっちには烈刃のジャグソンさんがいるじゃねえですか」

「まぁ邪魔になるようなら殺せばいいだけだわな」

ジャグソンがヒヒヒと笑う。どう見ても盗賊紛いです、まったくありがたくない。金持ちそうなジジイとか言ってるから、私たちのことじゃなさそうだ。

「貝が開くまで暇だな。少し外の空気を吸ってくるわ」

ジャグソンという男が出てくるみたいだから私は慌てて海に飛び込んだ。

音は聞かれたかもしれないけど、魚の類だと思ってくれるはず。海の中を潜って2隻目の船を目指す。

（わっ！　ビックリした！）

なんとその船、船底にも窓がある。人の姿が見えたから慌てて更に底に潜った。

再びそっと覗いてみるとあっちの船の男が言っていた通り、恰幅《かっぷく》がいい初老の男がいる。その傍らには黒いスーツを着てメガネをかけた、いかにもインテリな雰囲気がある男が立っていた。見るからに用心棒って感じだな。

他にも黒服を来た男たちが立っていて、どれも戦闘の心得がありそうだ。さすがに会話内容までは聞こえないか。

ジャグソン一派のおかげで待っていれば貝が開くとわかったから戻って報告しよう。

「ジャグソン？　まさかあの烈刃のジャグソンか？」

ディオルさんが大切なことなのか、2回も聞いてきた。ジンガさんもピクリと反応して、瞑想していたガノックスさんが目を開ける。

サハギンたちはなんかタコ焼きパーティを楽しんでいた。

「ディオルさん、有名な人なの？」

「2級冒険者でオレと違って討伐専門でやってる奴だ。オレより強いとは思わんが、殺しに関しては手慣れていそうだ」

「邪魔になるようなら殺せばいいとか言ってたしなぁ。なんで仲良くできないんだろ」

こんなところで人を殺したところでいくらでもごまかせる。海に落ちたとか魔物に殺されたと報告すればそれまでだ。

そう考えると冒険者って恐ろしい職業だ。誰かとパーティを組んでもジャグソンみたいなのに殺される可能性がある。あの取り巻きの手下みたいなのは一緒にいて平気なのかな？

ディオルさんはともかくジンガさんはそういうの歓迎みたいだな。槍を振り回して張り切っている。危ないからやめて。

「オレは嫌いじゃないぜ、ジャグソン。裏を返せば目標に一途《いちず》ってことじゃねえか。そりゃ強いんだろうな」

「ジンガさん、言っておくけど、こっちは戦いたくないんだからね。要するに邪魔をしなければいいんでしょ。お宝目当てだろうし、そんなものあげるよ」

「じゃあなんでここに来たんだよ？」

「あのさぁ」

まさかここにきて私たちの目的を忘れているとは。本当に戦い以外には興味ないんだな。

「うちの父ちゃんの手がかりを探すためッスよ！」

「おぉそうだったな！　悪い悪い！」

「ギーギー！　ギギィーー！」

ナナルちゃんがちゃんと怒ってくれた。その周囲でサハギンたちも一緒になって怒ってくれている。いつの間に仲良しになったんだろ？

ふとシェル島を見ると口が少し開きかけていた。

「見ろ！　シェル島が開くぞ！」

「あの人たちが言ってたことは本当だったんだ……どこでそんな情報を仕入れたんだろ」

シェル島の口がゆっくりと開いていって、中から出てきたのは色とりどりのサンゴと真珠が入り混じった森だ。

正確にはサンゴの一部が真珠と一体化して、なかなか幻想的な光景だった。思わず見とれていると遠くの2隻の船から多くの人たちが降りてきて島に突入していく。

「オレたちも行こうぜ」

「そうだね。お宝なんかあの人たちにくれてあげるよ」

島に突入するメンバーは全員だ。ナナルちゃんを置いていくことも考えたけど、何かあった時に危ない。私が船員として認めたんだから私が守らないと。

2隻の船の人たちから少し遅れて私たちはシェル島に上陸した。

所々が真珠化している草木に触れると、ぷちっと真珠部分だけ取れる。

指で触って確かめると確かな硬質を感じた。

「ジャグソンたちはこの真珠を採りに来たのかな？」

「確かにこれだけでもかなりの額で売れそうだ。差し詰め、ここは宝島ってところだな」

「お宝はどうでもいいけど、少しくらい採取してもいいか。港町に資源をもたらすのは悪いことじゃないからね」

「オレもいただいていこう」

ディオルさんもなんだかんだ言ってお金に目が眩《くら》んでる。ジンガさんとガノックスさんはそんなものに目もくれずに黙々と歩いていた。

そういえば、ここには貝類の魔物ばかりいると聞いたけど——と考えていた矢先に真珠化した草むらの中から牙を生やした大きな貝が飛び出してきた。

カチカチと音を立てて、なんとも好戦的だ。

「ブラッドシェルだ！　血を吸うから気をつけろ！」

「ちぇいッ！」

貝殻の上から拳を振り下ろすと見事に貫通した。一撃で仕留められてよかったよ。で、これ、おいしいのかな？

「……行くぞ」

「ねぇ、これって食べられる？」

「クソまずいッスよ」

ナナルちゃんもすっごい冷淡だ。聞いたところによると身が血の味しかしなくておいしくないとのこと。それならそれで安心だ。

この島には他にも様々な貝類の魔物が存在する。その辺の知識はディオルさんたちが持っているから安心だ。シェル島に行ったことがなくても魔物の知識がある。

歩いていると地面から巨大貝が出てきてトラップのように挟んでくる魔物。貝の口から光を放って目つぶしをしてくる魔物。決して開かず、硬い貝殻ごと突進してくる魔物。

ジンガさんの槍さばきは見事だ。貝の魔物の中身を的確に突いて無駄な動きがない。ガサツに見えて戦闘はかなり繊細、船の上では見られなかった。

「クソ貝どもが！　どき散らせぇ！」

槍を振り回して貝の魔物を弾いてあえて引き離したあと、槍の間合いを作る。そこからの一撃での確殺は鮮やかだ。

もし素手じゃなくて武器で模擬戦をやっていたら、どうなっていたんだろうな。

「ふぅ、これは骨が折れる。魔法で一掃しよう。……サンダーボルト！」

全体的にかなり硬い魔物が多くて、こういう相手は魔術師が1人でもいると楽らしい。

なんとあのガノックスさんが攻撃魔法を使っている。雷の魔法でまとめて仕留めている姿はまさに魔術師だ。

「ガノックスさん、魔法が使えたんだね」

「ハッハッハッ！　だから私は魔術師だと言っただろう？」

「そう、そうだったね」

この人はいっそメイスを振り回して戦ったほうが違和感がない。さすがに硬い貝相手にそんなことはしないか。ん？　私は？

魔物を一掃したあと、ナナルちゃんがトコトコと出てきた。貝の魔物の死体からナイフで身を取り出している。

「へへへ、皆やっぱり強いッスね！　うちはせめてこういうところで役立つッスよ！」

「まさかそれ食べられるの⁉」

「言うの忘れてたッス」

「そんな大切なことをぉ！」

そうとわかっていたらもう少し丁寧に優しく倒したのにな。ナナルちゃんは海だけじゃなく魔物の知識もあるのか。といっても海の魔物限定だろうけど。

魔物さえわかっていれば私の【解体】のスキルで解体できる。他にもナナルちゃんの話では、この島にはなぜか海底に生える海藻も群生しているらしい。

綺麗な海にしか存在しないダークワカメとダークアオサというアンバランスな海藻が目白押しだ。ダークワカメとダークアオサって何。闇の力で満ちてそうなんだけど。

「ここ、すごいッスねぇ！　地上のはずなのに海藻や海の魔物が目白押しッス！」

「不思議なところだよねぇ。海藻もたっぷり採れるし、おかげでおかずに困らないよ」

「うちにとってはこれがお宝ッスよ」

ナナルちゃんがワクワクしながら率先して走る。あんまり先行させるのはよくないな。急いで追いかけると、地面から巨大な貝が出てくる。

「危ないッ！」

貝がバクンと閉まる寸前のところで私が両手で抑えた。

「セアねーちゃん！　あ、ありがとッス！」

「ふぎぎぎぎ……つぇりゃあぁーーー！」

両手で左右の貝を押し返した。開いた隙にナナルちゃんを抱えて脱出。

獲物を捕らえ損ねた巨大貝が改めて地面の上に出てきた。貝の奥に光る一対の目が獰猛さを感じさせてくれる。貝のくせに獣みたいだな。

「セア！　そいつはグランシェルダー！　魔法も使うぞ！　距離を取れ！」

「魔法って……わっ！」

グランシェルダーの周囲に岩の塊が現れて、私たちめがけて勢いよく飛んできた。

私は拳と蹴り、ディオルさんとジンガさんは回避、ガノックスさんはメイスで粉砕。それぞれ攻撃を防いだところでディオルさんたちが総攻撃を開始した。ディオルさんが風の斬撃で貝の中を狙う。

だけどグランシェルダーは素早く貝殻を閉じて斬撃を防いでしまった。傷一つすらつかないってすごいな。

「サンダーボルトッ！」

ガノックスさんのサンダーボルトがグランシェルダーに直撃するけど、プスプスと音を立てているだけだ。魔法をもってしてもあの貝殻には通じないのか。これは私の拳でもいけるかどうか。ものは試しだ。

「とりゃぁッ！」

拳をグランシェルダーに当てたけど、かすかに亀裂が入るだけだ。こりゃ本当に硬いな。どうしたものか。

そんな中、ジンガさんが息つく暇もなく槍で攻め立てた。

「オラオラァ！　貝野郎！　攻撃するなら開かなきゃなぁ！」

ジンガさんの槍がグランシェルダーにヒットするたびに爆破が起きて宙に浮いていた。あぁそうか。ジンガさんのおかげでなんとなくわかったかも。

私が素早く近づいてグランシェルダーを蹴り上げた。

「セア、なにを？」

「こうするッ！」

高く舞い上がったグランシェルダーに向けて、私はしゃがんで踏ん張った。そして高く跳んでアッパーをぶちかます。

グランシェルダーの貝殻を私の拳が貫通、真っ二つに割れて落ちていく。

「いったたたた……」

着地したあと、割れたグランシェルダーを確認した。駆け寄ってきた皆は私の心配をするより、グランシェルダーを見てうわぁってなってる。

「こいつの貝殻って上位冒険者の防具にも使われるんだが……。いったたたで済むのかよ」

「ディオルさん、少しは私を労《いたわ》ってよ」

「おっと悪い。セア、平気だよな？」

「それは世間では心配とは言わない」

これでも拳がジンジン痛むんだからね。あんなに硬いものをぶち破ったんだから当然だよ。

ジンガさんはまたワクワクして、なんか槍を回して私と戦いたがってる。戦闘民族か。唯一いい子なのはナナルちゃんだけだよ。

ていうか、いつの間にかナナルちゃんのところにサハギンたちが集まっているから、任せてもいいのかな？

◆◇◆◇◆

シェル島探索1日目、この島は一言で言うと節操がない。

真珠化した草木があるのもそうだけど、ここは魔物含めて貝類が生態系を無視して生息している。森の中にいきなり湖が現れたと思ったら、そこで獲れたのはアサリとシジミだ。

皆の止めておけという声を無視して私は湖に潜った。透き通った水の奥に見えるのは様々な貝、貝、貝。もちろん片っ端から獲るんだけど、例によって魔物が紛れている。湖に潜って探索してみたけど、特に気にかかるものはない。

探索1日目は湖の畔《ほとり》で野営をすることにした。

「これ、テントっていうのか。組み立てと分解で持ち運び問題を解決しているなんて、よくできてるなぁ」

「ディオルさんたちが野営する時は雨風どうしていたの？」

「雨風がしのげそうな場所で野営しているぜ。ただ気をつけないと魔物どもが嗅ぎつけてくるけどな」

「嗅ぎつけてくる？」

「魔物の中には人間がよく集まる場所を覚えている個体がいるんだよ」

このテントは魔物がよりつかない仕様らしいから、その心配はない。ＲＰＧでよくあるその手のアイテムみたいだ。

シェル島が閉じた時のことを考えると船に戻ったほうがいいかもしれない。だけど時間が経つごとにナナルちゃんのお父さんの手がかりが消えると思うとね。

「賛成だぜ。貝が閉じるのとナナルの親父、どっちが大切かなんて言うまでもない」

「ディオルさん、ありがとう。ひとまず今日は湖を探したから探索が進展したよ」

「湖の底なんてお前がいなけりゃ探索しようがないもんな」

野営の準備をしているとジンガさんがあくびをしてさぼっていた。

アイテムポーチから船にあった野営セットを取り出す。コンロ式の魔道具とか、あの船にはこんなものまで揃っていた。おかげでディオルさんたちの荷物が減って助かる。

野営で作る夕食はシジミ汁だ。昼間のうちに予め砂抜きしていたアサリを、コンブで出汁をとった汁と味噌で煮た。刻んだネギを振りかけて完成だ。

「はぁー……夜空を眺めながらのアサリ汁は落ち着くねぇ」

「でけぇ貝が邪魔してるけどな」

「ジンガさん、何してるの？」

「このシジミの身をほじくってんだよ」

確かに小さくて取りにくいのがもどかしい。これをちまちまと取って食べるのを面倒と感じるかどうかは人によって違うかな。

私は丁寧に取るタイプだ。だけど熱いうちに汁は飲んだほうがいい。身を取るのに必死になっているうちに冷めてしまうからね。この味噌の濃厚な味わいをシジミ、コンブの出汁が更に奥深さを演出している。

ちなみにナナルちゃんはサハギンたちに爪で丁寧に身を取ってもらっていた。あれ、私にもやってほしいんだけど。

「かぁーーー！　いいねぇ！　こいつはうめぇ！」

「ジンガさん、シジミは腎臓にいいらしいからね」

「ほぉ、つまり強くなるってことだな？」

「そうだね」

めちゃくちゃ適当に答えたけど間違ってないはずだ。そんなことより、こんなおいしいうえに健康にもいいなんて最高だ。

「そういえばジャグソンと貴族一派はどこまで進んだんだろ？」

「さぁな。そもそもあいつら、オレたちよりシェル島のことに詳しそうだったけどな。どこで情報を手に入れたんだ？」

「貴族のほうはどこの誰なのか全然わからないからなぁ。変な人だったら嫌だな」

「向こうからしたら海に潜って魔物を仕留めるお前のほうが恐ろしいけどな」

ディオルさん、グサリと図星をつく。でもあの貴族が連れていた黒服たちもなかなか強そうだった。お金持ちの警備をしているだけあって、立っているだけなのにまるで隙がない。

「ギーーー！」

「セアねーちゃん、サハギンたちがシジミの貝をバリバリ食べてるッス」

「無駄にならなくていいじゃない」

あんなものすら食べるなら、もうなんでも食料になるんじゃないかな。お手軽にナナルちゃんの護衛をしてくれるならありがたい。

最近は私たちと訓練をしているから、たぶんあの子たちも強くなっている。もちろん人間を襲わないようにきつく言いつけている。というより私の船でおいしいものを食べて味をしめたから、もう襲わないんじゃないかな。

人間よりタコ焼きのほうがおいしいだろうからね。

アサリ汁を食べたあとは綺麗に片付けて、テントで寝ることにした。

男3人、女2人が寝るにはちょっと狭いかな。男女が一緒に寝ることに難色を示したのはデイオルさんたちだ。

「セア、私たちは外で寝るとしよう」

「気にしなくていいよ、ガノックスさん。疲れが取れないでしょ」

「特にジンガが嫌がってな……。『お、女と一緒になんか寝られるかよ！』となかなかの恥ずかしぶりだ」

「じゃあいっそ腹に一撃入れたら気にしないで眠れるかな？」

私が拳を作るとジンガさんが真っ先にテントに入っていった。それならよろしい。休む時は休まないとね。

「セア、さすがに冗談だよな？」

「え？　ま、まぁね。ディオルさんも気にしないで寝なよ」

「即答しないのな」

「変なことしたらぶっ飛ばすから、そこも安心してね」

「……あぁ」

というわけでディオルさんとガノックスさんもすごすごとテントに入っていった。ナナルちゃんは私の隣に寝てもらおう。

「ギギーー！」

「あなたたちはさすがに外だよ」

当たり前の話だ。魔物がテントで寝るなんてバカな話はない。というかサハギンって人間と同じように夜は寝るのかな？　とか思っていたら見事にテントの周囲で寝始めた。普通に寝るんだね。

探索2日目、湖を越えると今度は多数の滝が流れる場所についた。段々畑みたいな地形で流れる滝は見たこともないほど綺麗な景色で見とれてしまう。

魔物に警戒しながら川沿いを歩く。ひとまず一口だけ飲んでみたら、これが本当においしい。

「おい、貝が流れてきてるぜ」

「桃太郎かな？」

「なんだそれ？」

「いや、こっちの話」

川から貝がどんぶらこ、どんぶらこと流れてきました。それも1つや2つじゃない。まるでベルトコンベアみたいに貝が川下へと流されていく。

「セア、あまり触れるなよ」

「でもさ、ディオルさん。食べられる貝だったらどうするのさ」

「どうするもこうするもないっての。魔物だったらどうするんだよ」

重要なのは魔物かどうかじゃない。食べられるかどうかだ。

貝を捕まえて持ち上げると、やけに重さを感じる。川辺に貝を置いてノックしても当然反応なんかない。貝はキッチリ閉じていて、ちょっとやそっとじゃ開かない。

魔物だったら閉じているところ申し訳ないけど食べるためだ。貝の口を思いっきり開こうとした。

「おおおりゃあぁぁーーーー！」

バキッとかいうえぐい音を立てて貝が割れた。中に入っていたのは真珠だ。かなりゴツゴツとしていて、よく見ると人の形に見える。人がうずくまるようにして膝を抱えて寝かされている姿勢だ。

「セ、セアねーちゃん。これ人の形してないッスか？」

「き、気のせいでしょ」

こんなことでナナルちゃんをごまかせるとは思っていない。こんなものは偶然そう見えているだけ。

「畑でも人の形をした作物がとれることがあるらしいし、これはたまたまだよ」

「ひょっとしてマンドラゴラのことか？　ありゃ面倒な相手だぜー？」

「いや、ジンガさん。そんなファンタジーな魔物じゃなくてね」

「叫ばれる前にぶっ殺せばいいんだけどな」

ダメだ。この人になんでもすぐ戦いに変換されると話がどこかへ飛んでいく。

もう1つ流れてきた貝を拾って開けてみた。中から出てきたのは直立したまま固まっている人の形をした真珠だ。

あのね、実はこれ【鑑定】できるんだ。よし、鑑定。

「わひゃいっ！」

「うぉっ！　なんだよ！　びびらすなよ！」

「ディ、ディオルさん！　こ、こ、これ、人だよ……」

「はぁ？」

「いや、正確には人間だったものだよ。人間が真珠化しているんだよ」

何を言ってるのか自分でもわからない。だって【鑑定】で人が長い時間をかけて真珠化したものとわかったんだもん。

じゃあ、こっちのうずくまった人の形をした真珠も実は——いや。重要なことはそれだけじゃない。至るところの何本もの川から流れてくる貝、これ全部に人が入ってるってこと？

ナナルちゃんが何かを想像したみたいで私から離れない。

それに伴ってサハギンたちも離れない。暑苦しいから離れて？

「ここはどういう場所だよ。この川を辿っていけば謎が解けるのか？」

「こうしちゃいられないよ。この貝、全部回収しよう」

「お前、マジで言ってるのか？」

「元々が人なら戻せるかもしれないでしょ。放っておけないよ」

そうと決まったら総動員で回収だ。ナナルちゃんにはさすがに無理だから川辺で待機、何かあった時のためにサハギンたちにいてもらう。

私は流れてくる貝をひたすら捕まえてアイテムポーチに入れた。アイテムポーチは小さい携帯用だ。大きいものでもスルッと入る。途方もない作業だけど、私がスパートをかければいいだけの話だ。

川があっちこっちにあるから、取りこぼした分がどこへ行ったのかはわからない。作業を進めるうちにあることがわかってきた。

この川、たぶん循環している。滝から貝が落ちてきて川下に流れていって、また戻ってきていた。

さっきから特徴的な模様をした貝がずっと流れてくるのを見ている。

試しにペンでナナルちゃんを描いてから流してみると、しばらく経って戻ってきた。

「循環しているとしたら、頑張れば回収できる！」

「セアねーちゃん、それ何が描いてあるッスか？　サハギンの絵ッスか？」

「そ、そうだよ」

目を輝かせているナナルちゃんに真実を告げるのはあまりに残酷だ。

しかもサハギンたちが自分たちの絵だと勘違いして喜んでいる。

君たちにサービスをしたつもりはないんだけどね。

それから貝を集めること数時間、なんとかすべて回収できたように思う。次はこれがどこから流れてくるか特定しなきゃいけない。

「少し休憩してから滝の上へ行こう。なんだか目的地が近い気がするよ。あれ？　ガノックスさん、その貝殻に描いてある絵は？」

「あぁ、私もお前の真似をして皆を描いてみた」

「へ、へぇ。なかなかうまいじゃん」

ガノックスさんが私たちをデフォルメ化したような絵を貝殻に描いていた。うまい。私のサハギン（ナナルちゃん）とは大違いだ。

「こういうのもたまには楽しいものだな」

「ギーーーー！」

「な、なんだ？」

「自分たちの絵はないのかって言ってるよ、ガノックスさん」

サハギンたちがガノックスさんに謎の抗議をしている。そういう趣旨の作業じゃないんだよ、君たち。君たちの絵はこっちにあるでしょ。本当はナナルちゃんだけど。

次は滝の上に行く必要がある。手分けして探した結果、急斜面だけど上れる道を発見した。所々に真珠化した石や地面があって、ディオルさんがせっせと拾っている。

冒険者としては旅の資金の有無は死活問題だし、ああいうハングリー精神が大切かもしれない。

私の場合、食べ物は船の食料庫にあるし足りない分は釣りをするか買えばいい。

「着いたか。でけぇ滝だなぁ」

「ナイアガラの滝よりすごいかも……」

「ナイアガラ？」

「そのくらい大きいってことだよ」

ディオルさんからしたらナイアガラってなんだよって感じだ。

私も実際に見たわけじゃないけど、動画や写真と比べた限りではこっちの滝といい勝負だ。

ドドドという水の叩きつける音が激しく、白い水しぶきが広範囲に広がっている。迂闊に近づいたら飲み込まれそうだ。

少しずつ巨大な滝に近づいていって周囲を探った。さて、ここまで来たのはいいけど手がかりなんてあるかな？

「ん？　あの滝の裏側に行けそう」

「セアねーちゃん、マジで言ってるッスか？」

「目を凝らすと、かすかに滝の裏側に洞窟《どうくつ》が見えるよ」

「どういう視力してるッスか……」

ナナルちゃんが呆れたようにがっくりと項垂《うなだ》れる。

見えたところで、あそこに行くには少なからず滝の洗礼を受けなきゃいけない。さすがのサハギンたちもしり込みしている。

少しの間、滝の側面に回り込んだりして探索してみた。その結果、運がいいことに側面は大して水の影響がない。ただし水で削られ続けたせいか、足場が極端に狭かった。

「ナナルちゃん、手を離さないでね」

「う、うす！」

狭い道を一列になって進む。

慎重に歩を進めて、どうにか滝の裏側の洞窟に辿りついた。

全員、無事に到着したのはいいけど、ちゃっかりサハギンたちまでいるなぁ。

「あなたたち、こんなところまで来て大丈夫なの？」

「ギギーー！」

大丈夫だってさ。サハギンたちがまたナナルちゃんを囲むようにして歩く。心強いけど絵面《えづら》がすごいな。

滝の洞窟の中に入ると、より一層真珠化した岩壁や鉱石が目立った。もはや真珠洞窟といってもいい。

幻想的な洞窟内に目を奪われそうになるけど、ここはあくまで危険地帯だ。洞窟内の通路にはそこそこの流れの川があった。

おそらくだけどあの貝殻は、ここから流れてきたんじゃないかな？　そもそもなんで真珠化しているのかもわからない。

奥に進むにつれて真珠化した場所の割合が増えてくる。真珠化したサンゴが密集している場所で道が途絶えた。

立ち止まってもしょうがないから拳で破壊しながら進むことにした。

ガシガシと真珠サンゴを壊しまくって進むと段々と開けた場所に出る。

辿りついたそこはドーム型の空間で、天井問わずビッシリと真珠で埋め尽くされていた。

「こりゃすげぇ！　全部売ったらいくらになるんだろうなぁ！」

「ディオルさん、それ、高確率で死ぬ奴のセリフだよ」

「なんだよそりゃ？」

三下の盗賊がお宝を見つけたはいいけど殺されるみたいなパターンを想像してしまった。

歩いてみると中央に何か大きなクリスタルみたいなのがあるのが見える。

そのクリスタルの周囲は完全に真珠化していた。

「お、おい。あれって例の貝殻じゃないか？　開いてるのもあるな」

「うん。じゃあ閉じているのは……」

と、その時だった。

「おぉーーーー！　こりゃすげぇ！」

私たちの後ろからテンション高めの声が聞こえた。振り向くと、あのジャグソン一派がいる。

真珠に大喜びな様子で、手下らしき男たちがせっせと真珠を集めていた。

「こりゃなかなかの純度だぞ！　てめぇら！　きちっといいもん拾えよ！」

「ジャグソンさん！　先客がいますぜ！」

「ん？」

ジャグソンが私たちに気づいた。ついに鉢合わせしちゃったか。

ディオルさんたちが身構えて、ナナルちゃんはサハギンに守られている。

船長は私だから、こういう時は率先して前に出るべきだ。ジャグソンと対峙する形で立った。

「なんだ、てめぇら？　いつの間に上陸してやがった？」

「私はセア。こっちの冒険者であるディオルさんたちを船に乗せてやってきた。そっちは？」

「俺は2級冒険者のジャグソンだ。お前ら、たぶん同業者だろ？　だったら話は早ぇ、ここにあるもんの優先取得権は俺たちにある」

「なんで？」

「これは俺の優しさだ。こう見えても俺は名が通っている冒険者でな。烈刃のジャグソンって聞いたことないか？」

「あるよ」

「じゃあ、わかるだろ？　無駄な争いはしたくねぇ。俺たちがお宝を回収したあとなら好きにしていい」

ジャグソンは腕を組んで自信たっぷりにそう言い放った。

問題は、あの貝殻まで奪われるかどうかだ。ここで譲ってしまったら、この人たちに持っていかれる可能性がある。

「わかった。好きにしていいよ」

「物分かりがいいな。助かるぜ」

無駄な争いをせずに済んだとしたら、まだ話が通じるかもしれない。

開かない貝なんて味噌汁の中で閉じたままのアサリと同じだ。煮ても焼いても価値がない。

「お前ら！　真珠を集めろ！」

「あいさぁ！」

ジャグソンの手下たちが洞窟内の真珠を集め始めた。

私は金目のものには興味がないけど、不満を抱いているのがジンガさんだ。あぁ、この人は戦いたいだろうな。

船長の私に従って手を出していないけど、ジャグソンさんを睨んでいる。そのジャグソンさんが私の隣に来た。

「悪いな。俺たちにはどうしても金がいるんだ」

「いきなり何？」

「あいつらは元々孤児でな。理由は様々だが衣食住すら満足に得られなかった奴らさ。そんなのを俺が引き取ってな」

「あなた、いくつさ……」

「勘違いするな。親代わりっていうより、行き場がない奴らを集めたって言ったほうが近いな」

そんな若者たちを集めて冒険者家業に精を出しているらしい。

「ジャグソンさーん！　この貝殻はどうしますかー！」

「開かねぇのか？」

「ダメっすね。ビクともしませんわ」

「仕方ない。そいつはほっとけ」

よかった。無事、諦めてくれたみたいだ。それにしてもあの人たち、よく働くな。

「あいつらはきちんと教えれば働く。世間はそれを見ようともしねぇ」

「ジャグソンさん。あなたを信じて言うけど、あの貝殻ね……実は」

そう言いかけた時、またお客さんが来た。あの貴族と黒服たちだ。

「これはこれは……。すでに手をつけられているようですな」

「てめぇら、俺たちの船と並んで停泊していたな。どこの金持ちだ？」

「これは失敬。私、レイフロント商会の会長ロウアンと申します。こちらの資源は大したものですな。来た甲斐があった」

「レイフロント商会とはなかなかビッグだな。つまり、この島の占有権を得るためにやってきたってことか」

ジャグソンさんはわかっているようだけど私にはさっぱりだ。ハテナマークを頭に浮かべていると、ディオルさんが教えてくれた。

レイフロント商会。貴重な資源を次々と見つけ出しては場所ごと商会のものとして、莫大な利益を得ている。この世界には未発見の土地がたくさんあるから、そういう場所は早いもの勝ちだ。

調査をしっかりとやった上で人材を送り込けば占領したも同然だ。要するに冒険者がやっている探索をもう少し突っ込んで、ビジネスにまで昇華させている。

「私は自分の目で見て足を踏み入れて確認をしなければ気が済まない性質《たち》でしてな。こちらの怪しい男たちは私の護衛です」

「護衛隊長のベルーザです」

私が船の中で見たメガネの男が丁寧にお辞儀をした。他の黒服たちも自己紹介をしてくる。面倒なのが来ちゃったな。これじゃ調査どころじゃない。

「こちらはレイフロント商会で使わせていただきますので、どうかお引き取り願えませんかな？」

「断る。あとからノコノコやってきてほざくんじゃねぇ」

ジャグソンさんがケンカ腰に答えた。あなたもあとからノコノコやってきたんだけどね。

「もちろん相応の額をお支払いしましょう。こちらに５０００万ゼルを用意しております」

「ご、５０００万だとぉ！」

ジャグソンさんがのけぞるほど驚く。ディオルさんもごくりと生唾を飲んでいた。すごい額だけど、やっぱり魅力を感じないな。

「セアねーちゃん。あんなもんに邪魔されたらかなわねーッス」

「そうだね。とっとと事情を話そうか。もしもーし、ちょっとすみません」

私がロウアンさんとジャグソンさんの間に入る。

思い切って貝殻の中身のことを話すと、ジャグソンさんは顔を強張らせていた。一方でロウアンさんはほうほうと大したリアクションを見せない。

「それは奇怪ですな。それも含めてこちらで調査しましょう。では皆様、お引き取り願えますかな？」

「待ってよ、ロウアンさん。真珠化した人たちはどうするの？」

「こちらで慎重に調査を重ねたうえで厳重に扱いましょう」

「具体的には？」

「詳しいことは何せ商会の事業に関わることなので……」

この人たちが信用できるかわからない以上、引き下がるわけにはいかない。

「貝の中にはこのナナルちゃんのお父さんがいるかもしれないし、元に戻せるかもしれないんだよ」

「戻せる？　それは途方もない話ですな」

「つまり戻す気はないと？」

「それは調査した上での判断となりますな」

「話にならないなぁ」

こういうことはやりたくなかったけど、ナナルちゃんのためだ。私はグッと拳を握って構えた。

「私は引かない。きちんと気が済むまで自分たちで調べるよ」

「セアに同意だぜ。悪いが人の命と子どもの笑顔がかかってるんだ。曖昧《あいまい》なやり方じゃとても納得できないな」

「ディオルさん……」

まさに一触即発といった状況だ。ロウアンは穏やかな表情を崩して険しくなる。

「……冒険者が何名かいなくなっても問題ないですな。おい」

「ハッ！」

黒服の1人が懐からナイフを取り出す。跳躍して襲いかかってくるも、私の拳が顔面に入ると同時にぶっ飛んでいった。

「ぐはっ！」

黒服が洞窟の壁に激突してから、ずるずると落ちて逆さまになる。

呆気に取られるロウアンと黒服たち、そして味方勢。ジャグソンさんも口を半開きにしたまま硬直していた。

「は？　何が、何が起こったというのか？　国内の武術大会で優勝経験があるスルグが……」

「遅いよ。護衛ばかりやらせて鍛え方が足りてなかったんじゃない？」

「ま、魔獣を仕留めた実績もあるスルグが……一撃で……」

今ぶっ飛ばした人の名前がスルグというらしい。すごい人らしいけど、あれじゃディオルさんたちのほうがよっぽど強い。

「ハッハッハッ！　セア、加減したのか？　だがオレには無理だな！」

「ジンガさん、ここで引っ込んでいてと言っても無理だよね」

「わかってんじゃねえか！　おい！　ジャグソン一派よ！　邪魔するのか静観するのか、今のうちに選んでおきな！」

ジンガさんの問いに対してジャグソンさんは私たちのほうにやってきて、親指を立てて爽やかにアピールしてくる。この人、そういうキャラか。

「俺にもわかりやすく決着つけさせてくれよ！　優等生どもよぉ！」

槍を持ってジンガさんが出ると、1人の黒服が前へ出る。

槍を持った面長の顔をした男がふぅーっと息を吐いた。槍対決でもやる気かな？

「スルグは所詮、田舎の武術大会での優勝経験のみ。武術とは清く正しくある必要がある。このコーソンの神槍術のようにな」

「ほぉ。てめぇ、その槍と頭はウルクス教の神官か。ツルッパゲにして槍を振るう武闘派集団、一度戦ってみたかったんだ」

「粗暴なチンピラ風情《ふぜい》が私の相手になるとは思えないが、いいだろう。こんな人間にも人の道を教えてやるのも神の導きというもの……」

「上等だッ！」

ジンガさんとコーソンの戦いが始まった。互いに一歩も譲らず、ディオルさんたちはジンガさんを応援している。あっちのロウアンさんなんか興奮して殺せだの刺せだの叫んで血圧が上がってそう。

だけどジンガさんはさすがだ。コーソンの巧みな槍の動きを見切った上で、スキルの爆破で弾いて槍先を突きつける。コーソンは苦虫を噛み潰したような顔をしたけど、フッと笑って負けを認めた。

「さすがです。冒険者にあなたほどの使い手がいようとは……」

「お前も強かったぜ。まさかリーチを変えるスキル持ちとはな」

「ジンガさん。今度、機会があればまたお手合わせ願いたい」

「あぁ！　いつでもかかってこい！」

２人で握手をして友情が芽生《めば》えていた。まさかリアルでこんな場面が見られるなんて、私は嬉しい。

「フン、神職はお上品すぎる。まるで戦いってやつを知らねぇ」

そんな2人に水を差す発言をした黒服がいた。眉を剃《そ》っていていかにも柄が悪そう。手には金属製のグローブを装着していて、見るからに腕自慢といった感じだ。ギンとした目つきでガノックスさんを見る。

「ストリートファイトこそが戦いよ。なぁ、そう思うだろ？」

「私のことか？」

「そうだ、オレの名はボアーキフ。お前も生粋《きっすい》のストリートファイターだってな」

「いえいえ、私は……」

「俺はルール無用のスラム街で腕一つで生き残った。15になる頃には誰も俺にケンカを売らなくなったよ。どうも俺のパンチは人を殺せるらしい」

「パンチで人を殺せる……？」

この眉無し、まるでガノックスさんの話を聞いてない。だけどガノックスさんは、なぜかやる気になったみたいだ。

「あぁ！　そうだ！　戦いってやつが退屈でしょうがねぇ！　どいつもすぐにおねんねだからなぁ！」

「……フンッ！」

眉無し男の顔面にガノックスさんの拳がめり込む。

「ぶっ……はッ……！」

眉無し男が地面をバウンドしながら真珠化した岩に激突して、ピクピクと痙攣したまま動かない。

「殺生が必ずしも悪とは限らない。しかしその手を血で汚したことを高らかに語るものではないぞ」

「ガノックスさん。手に血がついてるよ」

私のささやかな突っ込みはもちろん華麗にスルーされた。とんだ文学少年パンチだよ。もうなんなの、この人。

「お前たち！　何をしているのだ！　まとめてあいつらをどうにかしろ！」

「落ち着いてください、ロウアン様。スルグ、コーソン、ボアーキフが立て続けにやられたのです。これ以上の戦いは損失が大きいかと思います」

「ベルーザ、護衛隊長のお前までそう言うか！」

「ハッキリ申し上げますと、これ以上のご命令となれば特別手当がなければ割に合いません。更に規定の労働時間をとっくに過ぎている。よって時間外労働による賃金を要求します」

「うーぬぬぬ！　し、仕方ない！」

ボアーキフってあの眉無し男の名前か。それはそうと、なんかすごく親しみやすい現実的な取引を見た気がする。

あのベルーザって人、ロウアンにあそこまで強く出られるってことはかなり強いんだろうな。というか、ぶっちぎりで強い。これまでの3人が全員で挑んでも敵わないくらいに強い。となると次こそ私の出番か。

「セア、あいつはオレがやる」

「え？　ディオルさん、いいの？」

「あいつ、ずっとオレを見てやがったからな」

「そ、そうなんだ」

ベルーザとディオルさん、何か通じ合うものがあったのかな？

「知っていますよ、あなたは疾風《しっぷう》のディオルでしょう？」

「そのだせぇ呼び名が大商会にまで届いているとは光栄だぜ」

「大商会の秘書兼護衛となれば、どうでもいいことまで知る機会がありますからね。おかげで情報の管理が面倒なんですよ」

「言ってくれるじゃねえか」

さらっとディオルさんの異名が判明してしまった。

ディオルさんとベルーザが睨み合った直後、互いに武器を抜く。ディオルさんの剣に対してベルーザは二刀流だ。

あれは私もよく知るジャパニーズ刀か。そしてディオルさんの前髪がわずかに切れてはらりと落ちる。なかなか速いな。

「私がその気ならあなたの首は落ちていました。少々拍子抜けです」

「お前のださいピンクのスカーフ、落ちてるぞ」

「なっ……！」

つまりお互い首を狙ったわけだ。

「高級ブランドものを……高くつきますよ」

「オレのヘアーも高いんだぜ？　だせぇカットされちまって台無しだよ」

この直後、戦いが始まった。一進一退、２人は互角といってもいい。

ベルーザはディオルさんの風の斬撃で生傷が増えていき、ディオルさんはベルーザの加速系のスキルに対応しきれていない。

ベルーザはほんの一瞬だけどスピードを倍以上に引き上げている。地味に見えるけど、シンプルに強い。

「面白い！　私のスキル【加速】に初見で対応した人間など初めてです！」

「お前こそ初見でオレのスキルの間合いを見切ったくせによく言うぜ！」

また互いに友情が芽生えそうで何よりだ。皆、この戦いが大将戦みたいに盛り上がっている。

「あのベルーザ隊長と互角に戦える奴がいるなんて……！」

「ベルーザ隊長なら勝てる！」

盛り上がっている中、ある異変に気づいた。中央にある大きな石がボワンと光った気がする。

「あ、ちょっとタイム！　あの石が光ってる！」

ディオルさんとベルーザが動きを止めた。他の人たちの視線が中央にある大きい石に集まる。

するとまたボワンと鈍く光った。そうだよ、こんなことやってる場合じゃない。あの石が怪しいと思っていたところで、ジャグソンさんやロウアンがやってきた。

石が光る間隔が次第に短くなって、ドーム状の洞窟内を照らし始める。

「おいおい、なんだってんだ？」

「あれはまさか……」

ディオルさんとベルーザが汗を流しながらも、石を警戒し始めた。

今度は石が点滅を止めて一定の光を保っている。まるで準備運動を終えたかのように鎮座していた。

「あーーー！　わかったッス！　あれ魔石ッス！」

「ナナルちゃん、魔石ってあの魔石？」

「どの魔石ッスか！　魔石は魔石ッス！　魔力濃度が濃い場所に生成される石ッス！　でかすぎてわからなかったッスよ！」

「その魔石があの様子だけど……」

その魔石がまた一段と強く光る。魔石を中心として地面から光が亀裂みたいに走ると、ディオルさんたちの足先が真珠化した。

「なっ！　こ、こりゃ何が！」

「ディオル！　叩き壊すぞ！」

「バカ！　ジンガ！　オレの足だぞ！」

「他に方法があるのかよ！」

ジンガさんがあまりに急ぎすぎているけど、焦るのは当然だ。

他にはロウアンとジャグソンさんたち、ベルーザたちにも真珠化の魔の手が及んでいる。

「ひぃぃーーー！　べ、ベルーザ！　これはどうなっている！」

「わ、わかりません……。こんなことは初めてで……」

「あれを壊せ！　あれが原因だろう！」

「しかしすでに足が動きません……」

ロウアンたちは全滅、ジャグソンさんたちも含めて太ももまで真珠化が進んでいる。

一方でディオルさんはまだ足先のみだ。無事なのは私、ジンガさん、ガノックスさん、ナナルちゃんか。あとサハギンたちもいるな。これは何か法則があるな。少し考えると、すぐにわかった。

「たぶんお金に目をくらませている人ほど進行が早いんだよ！　皆、欲を捨てて！」

「そんなこと言われてもな……」

「私はあれを壊す！　ジンガさんとガノックスさんも手伝って！」

私たちは迷わず魔石に向けて駆ける。その直後、魔石がビキビキと音を立てて形を変え始め、最終的に殻まで魔石で出来た貝となった。

本体と思える魔石が貝殻に守られていて、まるで宝物のように鎮座している。

私たちの攻撃が命中する直前に貝が閉じた。ジンガさんの槍による全力突き、ガノックスさんが雷魔法を放つけどビクともしない。

「かってぇな！」

「むぅ……！」

まさにシェル島のラスボスか。貝殻からサンゴ状の形をしたものが伸びていて角が生えているように見える。すっかり魔物気取りだ。

「はぁぁッ！」

私の全力パンチでも有効打にはならない。２発、３発、４発と当てていく。

「うぉぉ！　なんだこりゃ！　貝殻か!?」

ディオルさんたちの足元の地面から貝殻が現れた。それがディオルさんたちを包み込もうとする。

この島に来た人たちもああやって真珠化されて貝殻に閉じ込められたんだ。

「セア！　オレたちに構うな！　そいつを何としてでも叩き壊してくれ！」

「ひぃぃぃー！　助けてく……れ……」

ロウアンが完全に貝殻の中に閉じ込められた。

ジンガさんたちが助けるために貝殻を壊そうとガシガシ攻撃している。

魔石、攻撃してこないのかな、と思った次の瞬間。貝殻ごと体当たりを仕掛けてきた。両腕で防いで押されつつ踏ん張って耐える。

「セアねーちゃん！」

「平気。ちょっとジーンってしたかな」

ナナルちゃんがサハギンと一緒に、閉じつつあるディオルさんたちの貝殻を開けようとしている。

魔石の貝殻がぶるぶると震え始めた。私から離れると魔石の貝殻がぐるんぐるんと揺れながら、ドーム状の洞窟内を飛び回る。

壁にぶつかると洞窟の壁の一部分が盛大に砕けた。壁を次々と壊しながらも、魔石の貝殻は駄々っ子みたいに暴れて飛び回る。

何が気に入らないのかわからないけど、私も完全に怒った。

「ったく……じゃあ、気合い入れていくよ」

息を吐いてから私は拳を強く握った。

向かってくる魔石の貝殻を拳で迎撃すると、一瞬だけふわっと空中で停止した。その隙に拳の連打だ。

「あーーーたたたたたたたたたたぁーーーーーーッ！」

硬かろうが関係ない。ひたすら打つ、打つ、打つ。

すると魔石の貝殻に亀裂が入っていく。魔石の貝殻の破片がパラパラと落ちた。魔石の貝殻が後退してから口を開く。

その直後に雷の魔法が放たれた。かろうじて回避できたけど、貝殻はやる気満々で口からバチバチと雷を漏らしていた。

「これってガノックスさんの魔法じゃん！」

「おそらく私の魔法を受けた際に魔力を吸収したのだろう！」

「ガノックスさんはナナルちゃんたちを手伝ってあげて。あいつは私がやる」

「どうも私とジンガではダメージを与えられないようだからな。頼む」

そのジンガさんは私と一緒に戦う気満々だ。隣に立って槍を構えている。

「久しぶりにいい戦いができるぜ！　セア！　足引っ張るなよ！」

ジンガさんが魔石の貝殻に槍の連打と共にスキルの爆破をお見舞いする。

私の攻撃で割れかけているとはいえ、やっぱりダメージは薄い。それでもジンガさんはめげることなく攻撃を止めなかった。

「オラオラオラァーーーーー！」

ジンガさん、どんな相手だろうと心の底から戦いが好きだとよくわかる。私も負けてられない。

「あーたたたたたたぁーーーー！」

再び拳を連打して貝殻を打つ。ガキッという音と共についに貝殻の一部が砕けた。それから跳躍し、かかと落としで魔石の貝殻を地面に叩き落す。

私も一緒に落ちつつ、地面に落ちた貝殻に拳を振り下ろした。

「うりゃあぁーーーーー！」

魔石の貝殻が貝殻ごと盛大に砕け散る。破片が飛び散って魔石の貝殻は完全に沈黙した。

そのうちの1つを手に取ってみると、あれだけ荒れ狂っていた貝殻の一部とは思えない綺麗な水色をした石だ。

「なんでこんなのが動いたんだろ?」

「セ、セア、助かったぞ」

「ディオルさん、出てこられたんだね」

「あぁ、他の連中も無事だ」

ロウアンやジャグソンさん、その手下たちが貝殻から出てきている。更に真珠化した体の一部が元に戻っていた。

「はひー! はひー! た、助かった!」

ロウアンが黒服たちに支えられて立っている。

真珠化していた部分が元に戻っているのを見てピンときた。アイテムポーチから回収した貝殻を取り出すと、同時にパカッと開く。

中から転がり落ちてきたのは生きている人間だった。見た感じ、冒険者に見える。地面に座ったまま、きょろきょろと見渡していた。

「あ、あれ? 俺、こんなところで何をして……」

「あなた、冒険者? ここはシェル島だよ」

「シェル島……？　そういえば聞いたことがあるような？」

「えぇ？」

この人はシェル島に来たことすら覚えていない？　真珠化したのはあの魔石のせいだろうけど、それ以外の謎が多すぎる。

本当に訳がわからない。とにかく貝殻を次々と取り出すと、中から人が出てきた。冒険者だけじゃなく、漁師風の人たちまで何がなにやらといった感じだ。その人たちを見て驚いているのはディオルさんたちだった。

「おい、あんた。ずいぶん古い装備を使っているな」

「え？　どれも最新のものだが？　そういうあんたは見ない装備だなぁ」

「……なぁ、１つ聞いていいか？　今の日付は？」

ディオルさんに質問された冒険者が答えた日付はなんと50年前だ。ビックリ仰天だけど、それは相手も同じなわけで。

まさか真珠化している間にそんなに月日が立っていたなんて思いもしなかったそうだ。そりゃそうだよね。

「ウソだろ!?　オレは信じないぞ！」

「じゃあ、シルクスに残してきた妻と子どもは……」

「せっかく真珠の価値が上がったのに今じゃどうなってるんだぁ！」

冒険者、漁師、商人。阿鼻叫喚《あびきょうかん》だ。ナナルちゃんのお父さんがこの中にいないかな?と、ナナルちゃんの様子を見ると、しょんぼりしている。

「父ちゃん……いないッスか」

「ナナルちゃん……」

うーん、もしかしたらと思ったけど、これはあまりにかわいそうだ。もう貝殻はこれで全部かな？

アイテムポーチに手を入れるとまだ1つ残っていた。引っ張り出すと貝殻の中から漁師風のおじさんが頭を撫でながら出てくる。

無精ヒゲを生やして肌は浅黒い。それを見て驚いたのはナナルちゃんだ。

「と、父ちゃん？」

「ナナル？　ここはどこだ？　俺はどうしてこんなところに……」

「うわあぁーーーーん！　父ちゃん！　会いたかったッスぅーー！」

「ナ、ナナル！　どうした！」

ナナルちゃんがお父さんに抱き着く。

お父さんからしたら、なんのことやらって感じだろうな。

親子の対面ということでディオルさんは拍手、周りの人たちもつられた。

ただ1人、ジンガさんだけはそっぽを向いている。戦い以外に興味がないのはわかるけど、冷たすぎでしょ。と、顔を覗き込むとすごい泣いていた。

「ジンガさん、誰も笑わないって」

「う、うるせぇ！　あっち行ってろ、このメガトンパンチ女！」

「なんてひどい」

鼻水まで出して泣いてちゃ隠しようがない。ディオルさんとガノックスさんにはバレバレみたいで、あえて知らない振りをしていた。2人とも、大人だなぁ。

ナナルちゃんとお父さんはまだ抱き合っていた。ナナルちゃんの涙と鼻水でお父さんのシャツがグシャグシャになっている。いいね。あれこそが理想の親子だ。

「父ちゃん、体はなんともないッスか？」

「問題ない。俺はなんでこんなところにいるんだ？」

「あっちの冒険者さんも覚えてないみたいッスよ」

「最後に記憶にあるのは船で漁をしていた時のものだ」

このナナルちゃんのお父さんは他の人たちと違って、つい最近の人だ。この50年の開きが謎だし、そもそもあの大魔石もよくわからない。

あっちのベルーザもガノックスさんも初めて見る現象だと言っていた。その大魔石の破片をロウアンがせっせと拾っている。

それから私をちらりと見て、頭を思いっきり下げた。

「あれほどの力をお持ちとは！　先ほどは失礼しました！」

「大変失礼どころか殺されかかってるんだけどね」

「本当にすみません！　ぜひ当商会に来ていただけませんかな？　昇給あり！　ボーナスや長期休暇あり！　残業はほとんどありませんぞ！」

「なんだろう。すっごく胡散臭《うさんくさ》く聞こえる」

異世界でこんなフレーズを聞くとは思わなかったなぁ。

私が頬をポリポリとかいていると、ジャグソンさんたちが一斉に頭を下げていた。

「すんません！　姐《ねえ》さんの力、しかとこの目に焼き付けました！」

「あ、あの――……」

「お前ら、姐さんに真珠をお返ししやが……なんだそりゃ？」

ジャグソンさんの手下が持っているのは真珠じゃなくてただの石だ。あの大魔石が壊れたことによって、あれも元に戻ったみたい。ということは――

「セ、セアァ！　せっかく集めた真珠が全部、草とか石に戻ってるぅ――！」

「ディオルさん、かわいそう……」

「これで当分の間は旅の資金に困らないと思ったのによぉ！」

「まぁまぁ、ナナルちゃんのお父さんが戻ってきたんだからさ」

かわいそうだけど、あるべき姿に戻っただけと考えるしかない。

それよりこの人たちと一緒に帰らなきゃいけないわけなんだけど、もちろん定員オーバーだ。

そこでちらりとロウアンを見ると、また頭を下げてヘコヘコしてきた。

「ねぇ、ロウアンさん。2つお願いがある」

「なんでしょう！　なんなりと申してくだされ！」

「この人たちをシルクス港に送っていってほしい」

「シルクスですな！　容易い御用です！」

あの人の船はかなり大きかったし、ギリギリ乗せられると思う。ナナルちゃんのお父さんを含めて何人かはこっちでいいか。

「そ、それでもう1つのお願いとは？」

「ちょっと歯を食いしばって？」

「はいっ！」

「てりゃあぁッ！」

「ぐえぁっ！」

ロウアン、いや。ロウアンさんをぶん殴った。黒服たちが駆け付けてロウアンさんを起こそうとしている。

「き、貴様ッ！」

「なに、ベルーザさん。こっちは殺されかけているんだから、このくらいはやらせてよ。ちなみに、あなたたちもだからね」

「な、なにぃ！」

「なに？　いっそここで決着つける？」

私が拳を鳴らすとベルーザさんたちだけじゃなく、なぜかディオルさんたちまで引いている。

「どうなの？」

「くっ！」

黒服たちが大人しく整列したあと、一発ずつ殴り飛ばした。

「ナ、ナナル。あれはなんだ？」

「セアねーちゃんッスよ。うちのお友達ッス」

「まぁあれくらいでなければ、こんな島には到達できんか」

ナナルちゃんのお父さんがすごい自分に言い聞かせていた。無事、納得してもらえたところで洞窟を出ることにした。ところが、その途中で異変が起こる。

「なんか音がしない？」

「や、やべぇ！　シェル島が閉じるぞぉ！」

「はい!?　ジャグソンさん！　それホント!?」

「マジのマジですよ！　走りましょうや！」

一難去ってまた一難。これだけの人たちを連れ戻すのは大変だろうな。

仕方ないから体力がなさそうな人は、サハギンたちに抱えてもらうことにした。

これこそ事情を知らない人たちにとっては阿鼻叫喚だけど、贅沢言わないでほしい。さぁ、脱出だ。

◆◇◆◇◆

「あ、危なかったぁ……」

走りに走ったおかげで、なんとかシェル島からの脱出に成功した。

私たちは船の上からシェル島の貝が閉じていくのを見届けている。ゴゴゴという音と共にシェル島は超巨大な貝に戻った。

貝に閉じ込められていた人たちもたぶん全員いるはず。未だ50年の時の流れを実感できずに戸惑っている人が大半だ。ナナルちゃんのお父さんもまだ混乱しているけど、娘とたっぷり話をしている。

私はダークコンブやダークワカメを手に入れたから満足だ。ディオルさんはまだショックを受けているけど、そろそろ切り替えてほしい。

「クソッ……マジでなんだったんだよ、あの島ぁ……」

「ディオルさん、冒険者としてシェル島や大魔石のほうが気にならない？」

「オレたちは調査報告をするだけで、考えるのは賢い連中の仕事なんだわ」

「なんという冒険感がない冒険者……」

シルクス港を中心に活動していた人だから、あまり未知の探求には興味がないのかもしれない。

その点、ガノックスさんは救出された人たちからシェル島について話を聞いていた。あの人たちの話をまとめるとこうだ。

シェル島の話をどこから聞いたのかはわからない。シェル島には虹色真珠があるということで無我夢中で目指した。シェル島に上陸した時の記憶はあるけど、そこから先が曖昧。中心にある大魔石については大半が知らなかったとのこと。来た時の船はどこかに流されてしまったとのこと。

「セーアねーちゃん、うちの予想ッスけど……。あの大魔石が力を持ちすぎて皆を引き寄せたんじゃないかって思ってるッス」

「そんなことあるの？　魔石ってすごいねぇ」

「魔石についてはまだ解明されてない部分が多いみたいッス。50年前の大魔石は強い力を持っていたけど、次第に効力が衰えたって解釈がしっくりくるッス」

「すごいね、ナナルちゃん。冒険者よりよっぽど冒険者してるよ」

石ころや草を持ち帰って落ち込んでるディオルさんは見習ってほしい。未練がましく石を撫でている姿はとても2級の凄腕とは思えない。さすがにかわいそうだからあとで食材をおすそ分けしてあげようかな。

私としてはナナルちゃんの解釈を支持したいけど、やっぱり疑問がある。

ナナルちゃんのお父さんであるバーゼンさんがシェル島に向かったのは昔じゃなくて、つい最近だ。なんで今頃になってシェル島に惹かれたんだろう？

「セア様！　少しお話がありますぞ！」

並走していたロウアンさんが船をくっつけてきた。同時にジャグソンさんたちも私たちの船に乗り込んでくる。

「勧誘なら断ったはずだよ、ロウアンさん」

「それはまたの機会ということで！　先程、船の中であの大魔石の欠片《かけら》を解析班に解析させたら驚くべき事実が判明したのです！」

「そんなのいたんだ、さすがお金持ち」

「なんと！　あの大魔石はおおよそ50年前から存在するのです！」

「うん」

50年前というと皆が失踪し始めた時期だ。驚くことでもなんでもない。

「それが何？」

「つまりですぞ！　あの魔石は50年前に誕生したと同時に失踪事件を引き起こした！　できたばかりの魔石がそれほど強大な力を持ったということになるのです！」

「確か長い時間をかけないと魔石は大きな力を持ちにくいって話だよね」

「ではなぜあの魔石が50年前に強い力を持ちながらも人々の失踪が途絶えたのか！　そしてなぜバーゼン氏が再び失踪したのか！　謎が尽きませんな！」

バーゼンさんの話では漁の途中でシェル島のことが思い浮かんで記憶を失《な》くしたとのことだ。

これ以上は何もわからない。

大興奮するロウアンさんの横でジャグソンさんが口を開く。

「姉御《あねご》、俺たちにしても妙なんだ。ついこの前までシェル島なんて知らなかったんだが、いつの間にか記憶に刷り込まれていてな」

「その姉御呼びって定着するの？」

「シェル島がいつ開くか、当然のように知っていた。まるでナイフとフォークの扱い方を知っているかのようにな……」

「それも大魔石の力かな？」

ナナルちゃんは最初、大きすぎて魔石かどうかわからなかったと言っていた。

つまりあの魔石は見た目からして異常だ。魔石は魔力濃度が高いほど強く育ちやすいというけど、ガノックスさんによれば、あのシェル島はそうでもないらしい。

つまりシェル島自体は魔石とは関係ない摩訶《まか》不思議な場所という解釈もできる。そこへナナルちゃんと話していたバーゼンさんがやってきた。改めて私たちに頭を下げる。

「迷惑をかけてしまった。君たちがいなかったら俺は娘と再会できなかった」

「いえいえ、助かってよかったですよ。これからはナナルちゃんと一緒にいてあげてくださいね」

「それなのだか……」

「はい？」

バーゼンさんが口籠《くちごも》っているとナナルちゃんが私のそばに来る。

「うち、これからもセアねーちゃんの船に乗りたいッス。船に乗っていない間は父ちゃんと過ごすッス。ダメッスか？」

「いいよ。私があれこれ強制するものでもないからね」

「ありがとッス！」

私としてもナナルちゃんと離れるのは寂しいからね。そう思いつつ、私はタコ焼き機と網焼きの用意をした。

無事に帰ってきたらお腹が空いちゃった。シェル島であまるほど獲ってきた貝があるし、今日は海鮮焼きでもしよう。

網にホタテを載せて焼き始めると、ロウアンさんやジャグソンさんたちがちらちらとこっちを見てきた。

「う、うまそうな匂いが……」

「いやぁ、お腹が空きましたなぁ」

心配しなくても分けてあげるからさ。

バーゼンさんや救出された人たちも集まってきて、いつの間にか黒服たちもいる。全員一発ずつ殴ったから、これ以上の恨み言はなしだ。

全員、頬がすごい腫れて痛々しい。だいぶ手加減したんだけどな。

「ディ、ディオル……あなたはこんなものを船で食べていたと？」

「金持ちの護衛たるベルーザ様が涎なんか垂らしちまって情けないなぁ？」

「垂らしてなどいないッ！」

ホタテが焼けてきたあと、バターを垂らして現場は騒然となる。

バターと海鮮の香ばしい匂いがふわりと広がって、バーゼンさんがガバッと飛びついてきた。

「バ、バターなど贅沢だ！　こんな、こんなことが……！」

「バターってシルクスじゃ高級品なんだ」

「バターを食べた次の日には海に落ちると言われてるくらいだ！」

「私、思うんだけど漁師の人たちは謙虚すぎると思う」

シルクスの店で食べたシーフードグラタンにもバターは入っていたはずだけどな。確かに今思うといいお値段がしたかな。

「それにこの妙な丸い物体は？」

「デビルフィッシュが入ってるタコ焼きという料理だよ。おいしいよ」

「デッ！　デビルフィッシュだとぉ！」

これを聞いたバーゼンさんたちは大騒ぎだ。ロウアンさん、黒服たち、ジャグソンさんたち。

50年前の人たち。あまりの恐怖に陥って海に飛び込もうとする人までいた。事情を知っているディオルさんたちが止めつつ、海鮮焼きの匂いが増していく。

50年前の人たちはいい機会だから、ここで時間のずれを埋めようか。デビルフィッシュはともかくとして、そうじゃないと帰った時が大変だからね。

◆◇◆◇◆

シルクスに着くと、シェル島から帰った人たちがそれぞれ家族や友人と再会する。年齢差がとてつもないことになってるからお互いの認識をすり合わせるのに苦労していた。

涙を流して再会を喜んでいる人たちと嬉しさのあまり泣き崩れる人たち、それぞれが喜んでくれている。これによってシルクス港は大騒ぎになり、私たちは大勢の人たちに囲まれることになった。

港の漁師たちや冒険者たち、商人、果てにはシルクスを拠点に活動している記者まで、てんやわんやだ。

あれこれと矢継ぎ早に聞かれてもさすがに対応できない。ロウアンさんに頼んで調べてもらっているところだし、私たちがわかることなんてごくわずかだ。

なぜ50年前にできた大魔石がいきなりとてつもない力を持つようになったのか。なぜ50年前にシェル島に誘われる人たちがいなくなったのか。なぜ50年後になってナナルちゃんのお父さんであるバーゼンさんが誘われたのか。なぜ魔石が魔物化したのか。

これがボフスさんが言う海の怪奇だろうけどね。そういう解明はプロにお任せしよう。

そういえばディオルさんたちは私が分けてあげた食材を売って、それなりに儲けたみたいだ。

当分は仕事をしなくてもいいくらいらしいけど、ディオルさんはさぼらないだろうな。

ジンガさんなんかたまに船にやってきて、勝負がどうとか言ってくる。

腕相撲で瞬殺したあと、かわいそうだったからゲソ揚げをごちそうした。タコ焼きパーティをやって以来、イカ料理も試している。

ゲソ揚げはシンプルだけど、これが本当においしい。何せ目の前にいるボフスさんががっついてるくらいだからね。

「こりゃ清々《すがすが》しいくらいあっさりしてやがるなぁ！」

「あっさり？　割と脂っこいと思うけど……」

「大した手を加えずに調理してやがるって意味だ。俺はこのほうが好きだ」

「わかる気がする」

船の上でボフスさん、バーゼンさん、ナナルちゃんと食事をとっている。

バーゼンさんはデビルフィッシュにびびりまくっていたけど、今じゃタコ焼きが大好物らしい。

だけど私がマヨネーズをかけて食べたのがいけなかった。

「タコ焼きにはマヨネーズだろ！」

「父ちゃん！　かけすぎッス！　体に悪いッス！」

「卵で出来てんだから体にいいに決まってるだろ！　実質健康食だ！」

「油と塩もたっぷり入ってるッスよ！」

あぁ、こういう豪快なところはボフスさんに似て清々しいほど親子そっくりだな。タコ焼きがどこにあるのかわからないくらいマヨネーズに埋め尽くされている。

まさか異世界でマヨラーが誕生するとは思わなかった。

「いやぁ、うまい！　濃厚な油の風味がしっかりと響いてきやがる！」

「それ、ほぼマヨネーズでは？」

「セアとか言ったな！　本当に世話になった！　正直、俺としては失踪してた実感はないんだけどな！　ガハハハッ！」

「でしょうね」

ナナルちゃん含めてお通夜状態だったと言っても、なかなか信じてくれなかったからね。

ボフスさんなんか怒鳴りつけた挙句《あげく》、思いっきりぶん殴るもんだから取っ組み合いのケンカが始まった。あまりに長引くものだから私が2人の首根っこを掴んで引きはがした。

「お前はすごい力だな。漁師の中でも俺にケンカで勝てる奴はいなかったってのによ」

「体だけが取り柄だからね」

「なんと言っても、このタコ焼きやゲソ揚げがうまい！　料理で稼げるんじゃないのか？」

「その予定はないなぁ」

そういう仕事で稼ぐみたいな意識は今のところない。せっかくの異世界生活だし、適度に稼いで緩く自由に生きると決めている。

仕事という概念を忘れたい理由は、たぶん両親の影響もあるんじゃないかな。仕事のために人生を捧げるのが当然みたいな考え方があまり好きじゃない。もちろん仕事をしている人たちがいるから暮らしが成り立つというのは理解しているけどさ。

お金がほしかったら海に潜れば海産物を獲ってこられるから、それを売ればいい。

「セアねーちゃん、今回はホントにありがとッス。セアねーちゃんがいてくれてよかったッス」

「なんのなんの、子どもは親に思いっきり甘えなさい」

「うっ、うっ……」

ナナルちゃんが泣き始めた。そっと頭を撫でてあげよう。

「じゃあ、次はこれでどうかな」

シェル島で採れたダークワカメを使ったワカメスープとタコわさだ。タコわさはタコ繋がりで作ってみたけど受け入れられるか不安だな。

「ん！　このワカメ、くにゅりゃっとして実にいい！」

「そうだな！　にゅこっとしてスープのしょっぱさと一体化している！」

そんな独特の擬音は初めて聞いた。それからさりげなく出したタコわさに手をつけた2人だけど——

「ぬぐぁっ！　んーーーっ！」

「なんだ、こりゃ！」

タコわさの洗礼を受けたか。

わさびを少なめにしたんだけど、こういうものへの耐性がないとつらいかな。涙を流しながらもボフスさんとバーゼンさんはお互いを見た。

「へ、へへ、こりゃうまい……」

「親父、歳なんだから無理するな。刺激強すぎてポックリいっちまうぜ？」

「なんだと、この小僧が。俺が現役を退いたからって舐めてんじゃねえぞ」

「やるか、コラ」

また殴り合いが始まるかと思ったらタコわさを一気に食べ始めて地獄を見ている。バカ２人は放っておこう。

結局２人はエスカレートして酒の飲み比べまで始めた挙句、いびきをかいて甲板で眠り始めた。天気もいいし、面倒だからこのままでいいや。

ナナルちゃんが、この酔っ払いどもに毛布をかけてやっている。

「やっと静かになったッス」

「そうだね。夜風も気持ちいい」

「セアねーちゃん、これからどうするつもりッスか？」

「せっかく船があるんだから、別の場所でも目指しちゃう？」

しばらくシルクスに滞在してもいいけど万能船によると世界はまだまだ広い。

何より食材が豊富か否か、それが重要だ。シルクスにはない食材を求めて、これからしっかりと旅のプランを練ろう。

外伝　蟹漁のコツ

　なんだか突然蟹が食べたくなって市場に行った。蟹なんて日本じゃ結構お高いものだけど、この世界だとそうとも限らない。逆にサンマがレア指定されているくらいだからと一縷《いちる》の希望を持っていたんだけど——

「蟹ッスかぁ？　あんな硬いもん、どうやって食うッスか」

「いや、足をこうバキッと折って身を取り出すんだよ」

「そんなもん、セアねーちゃんくらいしかできないッスよ」

「そんなことないって！　本当に誰も蟹を食べたことないんだ……」

　少なくともこの港では蟹は食べ物としてみなされていないらしい。殻が硬すぎて、ただの甲殻類としか思われてない節がある。網にかかっても捨てているというからもったいない。

　確かに市場を見渡しても蟹なんてどこにも売ってなかった。それどころか、全体的に品数が少ないような？

「なんだか魚介類が異様に少ないなぁ」

「セアねーちゃん、知らないッスか？　この時期は誰も海に出ないッスよ。デビルキャンサーの繁殖期ッスからね」

「なにそれ？」

「年に一度だけこの辺りで産卵をする魔物ッス。おそろしく硬い甲羅で刃は通らず、ハサミは小さい船なら真っ二つにするッス」

個体にもよるけど、大きいものになると大型船も真っ二つにするらしい。そのデビルキャンサーは手強い上に繁殖期が過ぎればどこかへ行くから、討伐依頼は出されない。確かにそんなものがいるなら、やり過ごすのが賢い。でも私はふと思った。

「デビルキャンサーっておいしいの？」

「え、知らないッス。あんなもん誰も食ったことないんじゃないッスか？」

「じゃあさ、獲れる場所を知ってる？」

「あるにはあるッスけど、その海域でちょうどデビルキャンサーが繁殖しているッス。とにかくこの時期に漁に出るバカはいないッスよ」

その後のナナルちゃんの話によると、デビルキャンサーはディオルさんたちでも難しい相手らしい。とにかく硬くてまともな有効打がほとんどなく、素材としての価値もないからスルー案件だとか。

「甲羅は何かの素材に使えるんじゃ？　ほら、ヒューマンフィッシャーだってそうだったじゃない」

「あれと違って全身が鋼鉄の鎧みたいなものッス。とにかく今回ばかりは諦めたほうがいいッスよ」

それが賢い選択かもしれない。だけど、このどうしても蟹が食べたいという欲求だけは抑えられなかった。

◆◇◆◇◆

「いや、なんでオレまで付き合わされているんだ？」

「だって、もしデビルキャンサーが私1人じゃ手に負えなかったらやばいでしょ」

もっともらしい理由をつけて私は冒険者ギルドに護衛依頼を出した。依頼人がセアと書かれている依頼書を手にとったのはディオルさんだ。お前になんの護衛が必要なんだよとか散々ハラスメントを受けたけど、快く引き受けてくれてよかった。

「まったく……ラギさんたちがあれだけ止めていたのを見てわかるだろ。そもそもデビルキャンサーは割に合わないんだよ」

「まぁまぁ、デビルキャンサーはともかくとして蟹を食べないなんて人生の7割以上は損しているよ」

「お前の人生は7割が蟹なのかよ。あんなもんどうやって食うんだか……」

ブックサ文句を言うディオルさんを乗せて万能船で海へ出た。今回はナナルちゃんを置いていこうと思ったんだけど、万が一でも蟹がおいしかったら真っ先に食べてみたいというので連れてきた。命の危険よりも食い意地を優先する子がここにもいる。

「セアねーちゃん、蟹ってどこを食うんスか？」

「蟹はねー、まず足をちぎってから殻をこうパカって割るの。そうすると中から磯の臭いが漂う柔らかい身が出てくるんだよ」

「そ、それはどう食うッスか？」

「そりゃもう、そのまま食べてもおいしいよ。こう片手でぶら下げてね、ぱくっと食いつくのもよし」

「ごくり……」

「煮てもいい出汁が取れるよ。蟹汁は蟹の風味が利いていて、しかも蟹の身と一緒に食べられるのがお得だね」

ナナルちゃんが涎をすすりながら話を聞いている。自分で話しておいて、ますます食欲が湧いてきちゃった。

「ごくり……」

「え？」

　今、ディオルさんが唾を飲み込まなかった？　私がディオルさんを見ると、そっぽを向く。

　ははぁ、なんだかんだで食欲には勝てませんと。素直じゃないなぁ。

「そろそろデビルキャンサーの繁殖海域に着くぞ」

「よし、よしよしよし」

「お前、マジであいつの怖さを知らないだろ……。言っておくがオレが撤退の指示を出したらすぐ撤退な。護衛として危険な目にあわせるわけには」

　その時、海面が盛り上がった。出てきたのは2つの黒い目をぎょろりとした巨大蟹だ。口から大量の泡を噴き出して、この船を包み込もうとしている。

「出やがったな！　セア！　この泡に包まれると身動きが取れなくなるぞ！」

「だったら先手必勝！」

　万能船から跳んだ私はデビルキャンサーのど真ん中をぶち抜いた。甲羅が飛び散って、中の蟹味噌が体に付着する。

「か、蟹味噌おいしいぃぃぃ！」

　そのまま海の中に落下した私を待ち受けていたのは、大量のデビルキャンサーだ。ハサミをふるって一斉に襲いかかってくる。旋回して巨大蟹の側面に蹴りを入れてハサミを破壊、そのまま腕を引きちぎった。

（お、おいしい……！）

少しつまみ食いをすると、これぞ蟹といった味わいがある。巨大蟹たちの猛攻を縫《ぬ》うようにして回避してから、私は1匹ずつ蹴り上げて海上へと飛び出させた。

「よし！　その位置！」

甲羅の破片を飛び散らせながら、巨大蟹たちは万能船の近くの海に落ちる。それから更にもう一度、蹴り上げて次々と止《とど》めを刺していった。

「ぷはっ……！　こんなものでいいかな？」

「……オレは夢でも見ているのか？」

海面から顔を出すとディオルさんがなんか言ってるけど、蟹漁ってこれでいいよね？　ちょうど甲羅も割れているし、食べやすくなったはず。巨大蟹を万能船に重ねて載せていく。それからまた潜っていくと、今度は見慣れた蟹が海底を歩いていた。タバラガニや毛ガニを獲ってから万能船に戻り、さっそく調理の準備をする。

「さて、このタラバガニはね。こうやって腕をひねって殻を割ると……ほら、身が出てきた」

「く、食っていいッスか？」

ナナルちゃんがぱくっと蟹の身を咥《くわ》えて飲み込む。もぐもぐと食べ終えたあと、少しだけ泣いていた。

「う、うますぎて腰が砕けそうッス……。淡泊な味わいの中に香る磯の甘味と風味がマッチして癖になりそうッス……」

「オ、オレも……。んぁぁ！　こ、これは、なんだ、蟹ってこんなにうまかったのか⁉」

生まれて初めて蟹を食べた人の反応が新鮮だ。私も念願の蟹を食べてみた。

「んん～～～！　これ、これ！　ぎゅっと詰まっている身！　しかもこれは醤油につけてもおいしい！」

醤油にちょんっとつけてから食べると、染みた蟹の身がふわりと口の中に広がった。噛めばぷりっと弾けて、それだけでも楽しい。

「蟹がこんなにうまいなんてなぁ……。そういえばセア、体に何つけてるんだよ」

「あ、これ蟹味噌だよ。そうそう、忘れていた」

デビルキャンサーを全身でぶち抜いた時に体に蟹味噌が付着していた。再度、指でとってぺろっと舐めると、これも濃厚だ。

毛ガニの甲羅を持って力を入れて捻ると、ぱかりと外れる。中に納まっていたのはドスが効いた緑色の蟹味噌だ。

「セ、セアねーちゃん……なんすか、これ」

「まぁまぁ、ちょっと食べてごらん」

「さすがにこれは……んん！　なんか滑らかで不思議ッス！」

「蟹味噌こそが蟹の本体と言う人もいるほど人気の食材なんだよ」

ナナルちゃんとディオルさんは次々と甲羅をパカリと割って蟹味噌を吸い始めた。実は蟹味噌には便も含まれているという噂があるんだけど、私は優しいから2人の夢を壊さないようにしたい。

「茹でてポン酢で食べてもおいしいんだよねぇ」

「ま、まだ何かあるッスか？」

蟹を茹でて1つは茹で蟹、もう1つは出汁をとって吸い物にした。茹で蟹のほうは茹でるとふわっとなって、違った味わいになる。

「これもうまい！　生とは違って温かく引き締まっている！」

「蟹汁もくせになるッスねぇ！」

2人とも、蟹のおいしさを知ったようでよかった。こんなにおいしいものを食べないなんて人生のほとんどを損しているからね。この幸せをシルクスの皆にも分けてあげよう。

◆◇◆◇◆

「こ、こんなに大量のデビルキャンサーが……」

「甲羅が割られているぞ……」

商業ギルドに持っていくと皆、青ざめた顔をしている。せっかく食べやすいように甲羅を割ってあげたんだけどな。査定員も驚くばかりで作業を進めない。

「茹でても生で食べてもおいしいんですよ。さ、ぜひ！」

「おう、ちなみに蟹味噌ってのも絶品だぜ！」

2級冒険者のディオルさんが推薦しているのに誰もが驚いたままだ。そして他の冒険者たちがいよいよ騒ぎ始める。

「いや、デビルキャンサーをこんなに討伐する奴なんて初めて聞いたぞ」

「どんなスキルや魔法を使ったんだ？」

「しかもこいつを食うってよ……。あの娘は甲羅をバリバリ食っちまうってことか？」

誰かがそう言ったのを皮切りに悲鳴が上がる。査定員すら私を魔物か何かを見るような目だ。

こんな感じなものだから、蟹のおいしさがシルクスに伝わるには時間がかかるかもしれない。

あなたたち、人生の9割9分くらい損しているよ。

あとがき

本作品、いかがでしたか？　いわゆるスローライフものですが、海暮らしというテーマを扱っております。なぜ海暮らしかというと、山でスローライフをするなら海もありじゃないかということで書き始めました。私が調べた限りでは、海で冒険をする作品はあっても、海でのスローライフをメインに扱った作品が見当たりませんでした。

次に生まれたのが万能船です。風呂あり、キッチンあり、トイレあり、洗濯機あり、個室あり。しかも調味料や米などが永遠に備蓄されているという謎の仕様です。さらにこの船は沈みませんし、転覆もしません。

至れり尽くせりで大した苦労もなくスローライフを送る。そんな妄想を抱いたことがある方もいらっしゃるのではないでしょうか？　実際は海に魔物がいますので、主人公のセアが特別仕様だからこそ成り立つ部分も多いのですが。

自由を愛して人情に厚く食いしん坊。そんな主人公セアは自由を愛して、冒険者になることすら拒否します。実をいうと、冒険者にするルートも考えていたのですが、そうなると結局依頼によるイベントやストーリーラインになりがちなのでボツにしました。

そちらが悪いという話ではなく、本作の自由なスローライフというコンセプトから大きく外れてしまうのです。ということで本作のセアは冒険者になりません。その代わりといってはなんですが、ディオルといった優秀な冒険者と知り合うことで、そちらのルートにも寄り道できるかなと思いました。

本作のもう一つの見所が食です。海の幸をとって馴染みのある料理として味わう。これも海暮らしの醍醐味だと思います。さすがに塩辛は渋いかなと思いましたが、きっと好きな人は多いと信じています。本作を通じて、少しでも食欲を刺激されたら幸いです。ただし自分で書いていて食べたくなるのが欠点ですね。

以上のような感じで本作はあまりハードな内容ではありませんが、ゆるくお楽しみいただければ嬉しいです。

購入特典ＳＳ、Ｘでのリポストで読めるようになるＳＳで前の世界でのセア、セアの家族がどうなっていくのかがそれぞれ描かれています。もし気になるといった方は、そちらを読んでいただければと思います。

本作の書籍化に当たって尽力してくださったツギクル編集部様、イラストレーターのｒｉｒｉｔｔｏ様、出版に関わったすべての方々に感謝します。次巻があればぜひお会いしましょう。

それでは。

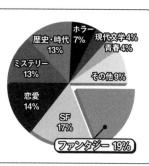

もふもふの神様と旅に出ます。
神殿には二度と戻りません！
四季 葉
イラスト むらき
神様、今日はなに食べますか？
まっしろもふもふな神様との
目的地のない、ほっこり旅！
ティアは神殿で働く身寄りのない下働きの少女。神殿では聖女様からいびられ、他の人たちからも冷遇される日々を送っていた。ある日、濡れ衣を着せられて神殿から追い出されてしまい、行く当てもなく途方に暮れていると、ふさふさの白い毛をした大きな狼が姿を現し……！？　ふとしたことでもふもふの神様の加護を受け、聖女の資格を得たティア。でもあんな神殿など戻りたくもなく、神様と一緒に旅に出ることにした。
もふもふの神様と元気な少女が旅する、ほっこりファンタジー開幕！
定価1,430円（本体1,300円＋税10%）　ISBN978-4-8156-2688-4
ツギクルブックス
https://books.tugikuru.jp/

ツギクルブックス

愛読者アンケートに回答してカバーイラストをダウンロード！

愛読者アンケートや本書に関するご意見、ラチム先生、riritto先生へのファンレターは、下記のURLまたは右のQRコードよりアクセスしてください。

アンケートにご回答いただくとカバーイラストの画像データがダウンロードできますので、壁紙などでご使用ください。

https://books.tugikuru.jp/q/202406/umigurashi.html

本書は、「カクヨム」（https://kakuyomu.jp/）に掲載された作品を加筆・改稿のうえ書籍化したものです。

異世界《いせかい》で海暮《うみぐ》らしを始《はじ》めました
～万能船《ばんのうせん》のおかげで快適《かいてき》な生活《せいかつ》が実現《じつげん》できています～

2024年6月25日　初版第1刷発行

著者　ラチム

発行人　宇草 亮
発行所　ツギクル株式会社
〒105-0001　東京都港区虎ノ門2-2-1
発売元　SBクリエイティブ株式会社
〒105-0001　東京都港区虎ノ門2-2-1

イラスト　riritto
装丁　株式会社エストール

印刷・製本　中央精版印刷株式会社

ISBN978-4-8156-2687-7
Printed in Japan